L'Arcipelago Einaudi
14

www.einaudi.it

ISBN 978-88-06-16451-5

Laura Mancinelli

Biglietto d'amore

Einaudi

Biglietto d'amore

1. La casa del mercante Manesse

Un bigliettin d'amore avevo nelle mani
e un piccolo gancio ben appuntito,
con quello l'appuntai al suo mantello
all'uscir della messa di primo mattino

cosí cantava Hadlaub la sua ultima poesia, composta durante il viaggio testé concluso con esito felice, molto piú felice di quanto avesse mai osato sperare. Fermo su un colle che dominava il lago, guardava lo specchio d'acqua immobile sotto la luna piena, e la nobile città di Zurigo distesa sulle sue rive. Alquanto discosta dall'abitato, in un folto di abeti, con la bianca facciata solcata dalle linee scure della struttura lignea e gli alti tetti a punta, solenne e silenziosa si ergeva la casa del facoltoso mercante, una delle piú belle della città, pur ricca di nobili dimore. Da quella casa era partito piú di un anno prima per inseguire le tracce dei poeti d'amore che lo avevano preceduto nel tempo, e trascriverne le opere, tutte quelle che sarebbe riuscito a trovare, come gli era stato imposto dal suo signore, messer Rüdiger Manesse di Zurigo.

Era partito? No, veramente era stato scacciato, sia pure con il pretesto dignitoso di ricercare i componimenti d'amore dei cantori del XIII secolo, i «Minnesänger» delle regioni meridionali di lingua tedesca, vanto del tardo Medioevo, alcuni dei quali erano forse ancora vivi e certo assai vecchi. Lui, Hadlaub, era molto giovane, poco piú che ventenne, e aveva trascorso circa un anno peregrinando per corti e monasteri, sempre con il medesimo scopo di trascrivere quante piú poesie poteva trovare, affinché il suo signore realizzasse il sogno della vita: raccogliere i componimenti delle «corti d'amore» in un grande codice miniato, che a lui avrebbe dato fama imperitura, e al mondo conservato testi che altrimenti il tempo avrebbe seppellito nell'oblio.

E lui, il povero cantore di umili origini, aveva dovuto obbedire. Era partito un mattino di marzo, col primo sciogliersi delle nevi, ed era tornato a casa nell'estate dell'anno successivo. Una casa non sua, certo, ma del signore che lo aveva accolto ancora diciottenne, come segretario e scrivano, togliendolo dal vicino monastero di Einsiedeln dov'era stato allevato fin da bambino e dove gli era stato insegnato a leggere e scrivere, perché l'abate aveva notato in lui una particolare abilità nell'usare la penna d'oca e i pennellini per le grandi iniziali miniate. Quando il ricco mercante si era presentato a chiedere uno scrivano per la sua casa, l'abate aveva subito pensato a quel giovane novizio, troppo biondo e bello per diventare monaco, e troppo innamorato della primavera del mondo che pulsava nel suo cuore.

Per due anni aveva servito come segretario del signore, contabile e scrivano; quando era libero dal lavoro si esercitava in rime e versi secondo la moda allora dominante nelle regioni della Germania meridionale, delle quali era parte l'Alemagna, la terra in cui viveva e dove la città di Zurigo prevaleva per ricchezza ed eleganza. Hadlaub amava l'eleganza nella poesia e nella vita, ed era felice di poter vivere in essa: in una bella casa di signori, tra persone cortesi che non lo trattavano come un servitore, e nemmeno con l'austero distacco che aveva conosciuto nel monastero. Nelle ore di riposo poteva passeggiare nel delizioso giardino della casa, quasi un castello ma senza la severa rudezza di torri e mura merlate, perché castello non era, bensí la comoda dimora di un ricco mercante, ingentilita dalla presenza e dalla mano di una bella donna che ne era signora e padrona.

Anche il giardino rivelava la grazia della mano femminile nella scelta dei fiori, nella disposizione ornata di forme e colori, nell'improvviso sgorgare di una fontana dalla quale derivava un placido ruscello che, dopo aver aggirato piccoli dossi di abeti e rocce coperte di muschio, si perdeva nel bosco che andava digradando verso il lago e là, silenzioso, spariva.

Hadlaub amava quel giardino, le sue erbe e i fiori, e quando il gelo invernale stringeva nel ghiaccio le acque sopprimendone il lieto fruscio e condannandole al muto, immobile silenzio, si ritirava nella sua camera, di poco piú grande della cella del monastero, e ricercava in malinconiche rime i suoni e i colori della primavera.

Allora tutta la vita della famiglia si racchiudeva all'interno della casa, nell'ampia sala riscaldata dal camino. Camini piccoli e grandi erano presenti in tutte le camere, e quando il freddo mordeva forte, la padrona aveva cura che tutti fossero accesi e sempre alimentati durante il giorno, e alla sera, quando veniva l'ora di coricarsi, le braci fossero coperte di cenere e mantenute vive nella notte, sí che il tepore non venisse mai a mancare e al mattino da quelle si ridestasse subito una bella fiamma viva.

Ma nella grande sala, dove la famiglia si riuniva per pranzare e trascorreva d'inverno gran parte del giorno, il signore aveva fatto costruire una grande stufa rivestita di piastrelle di maiolica, secondo una moda che aveva conosciuto nella Germania orientale durante i suoi viaggi per affari. Da quella stufa, ben alimentata da grandi ciocchi di legna, il calore si diffondeva costante e uniforme in tutta la sala, sí che non v'era angolo pur lontano dove non giungesse un tepore dolce e costante. E lí il giovane Hadlaub fu invitato a pranzare con la famiglia dei signori, per la prima volta, un giorno di festa.

Tanto fu piacevole e a tutti gradita la compagnia del giovane scrivano, pur modesto e riservato nel parlare e nell'agire, che da quel giorno egli ebbe il suo posto alla tavola dei padroni, tolto che fu a quella dei servitori, dove fino allora aveva pranzato. Né d'altra parte il suo stato si confaceva alla condizione dei servi, poiché a piú alto livello lo innalzavano la cultura e l'innata cortesia ed eleganza della persona. In breve tempo pervenne a tal grado di confidenza con i suoi signori che osò dire, mentre a tavola tutti ancora indugiavano in conversazione, qualcuno dei suoi versi, che forse non erano gran cosa né nuova, ma perfetti nella forma e melodiosi, tanto che fu pregato di prendere la sua viola e recitarli con suono e canto. E avendo il giovane bella voce e intonata, divenne usanza che alla fine del pranzo egli cantasse qualche sua strofetta sempre accompagnandosi al suono dello strumento, le cui corde magistralmente sapeva toccare.

2. Pranzo di Natale

Il giorno di Natale fu ammessa alla tavola dei signori, avendo compiuto sedici anni, l'età ritenuta giusta per sedere a pranzo con gli adulti, la loro figliuola minore, fanciulla graziosa e timida tanto che appena ardiva muovere gli occhi all'intorno nonché fissarli in viso altrui. La sua voce fu udita soltanto quando rispose al solenne invito del padre, che aveva detto:

– D'ora in poi siederete anche voi alla tavola degli adulti, Lisbeth, perché ne avete ormai l'età e il portamento. Prego, accomodatevi nel posto che è stato lasciato libero per voi.

– Grazie, padre, ne sono molto felice. Ringrazio anche la madre e i fratelli e tutti gli ospiti che siedono a questa tavola –. E con grande compostezza obbedí all'invito.

Accadde che la fanciulla venisse a trovarsi vicino al giovane scrivano, essendole stato assegnato l'ultimo posto tra quelli della famiglia, dove cominciava la schiera degli estranei e degli invitati, che quel giorno di Natale erano piú numerosi del solito. V'era infatti il parroco della vicina chiesa frequentata dalla famiglia, il notaio che serviva il padrone di casa nelle faccende giuridiche e alcuni signori del vicinato.

Hadlaub solo dopo qualche tempo osò sbirciare la sua vicina di tavola, curiosamente, perché l'aveva vista qualche volta di lontano mentre passeggiava nel giardino, d'estate e anche d'autunno, finché il freddo e la neve avevano fatto sparire la figuretta sottile, della quale il giovane non aveva mai veduto il volto. Ora lo guardò, e accadde che in quel momento anche la fanciulla levò gli occhi e incontrò quelli di lui.

Mentre la conversazione tra i commensali ferveva lieta e rumorosa, come avviene nei giorni di festa, i due si guardarono in silenzio e forse, ma la cosa non è sicura, si scambiarono un fuggevole sorriso. Anche lei aveva scorto di lontano il giovane passeggiare nel parco, sempre pensieroso, spesso mormorando versi che lei non poteva udire. Ma non ne aveva mai veduto il viso.

– Vi chiamate Lisbeth? – sussurrò lui dopo aver distolto gli occhi da quelli di lei abbassandoli sul piatto che aveva davanti.

– In casa mi chiamano Lisi, – rispose la fanciulla con lo stesso tono di voce. – E voi?

– Hadlaub –. E qui terminò la loro conversazione.

Ma alla fine del pranzo la padrona di casa, madonna Lenore, pregò il giovane scrivano di cantare sulla sua viola qualche strofa per gli ospiti, cosí come era solito fare per la famiglia. Ed egli di buon grado si alzò e, postosi a capo della tavola, accordato lo strumento, tanto soavemente cantò con quello accompagnandosi, che superò in armonia ogni sua precedente esibizione. Tutti lodarono il canto e il suono attribuendo quella eccezionale dolcezza melodica all'aura natalizia che riempiva i cuori dei presenti. Nessuno si accorse che il cantore non aveva neppure per un istante distolto gli occhi dalla Lisi, né lei da lui. Il crepuscolo precoce dell'inverno impedí ai banchettanti di cogliere quel muto colloquio d'amore.

3. Breve incontro

Il freddo, la neve e il gelo, avvolgendo il lago e le sue rive di nuvole e nebbia, rendevano impossibili le passeggiate in giardino, e i due giovani non avevano altro modo di vedersi che a tavola, in mezzo a tutti i familiari che mangiavano in silenzio quasi a far penitenza della festa di Natale e dell'allegria che l'aveva accompagnata. Non c'erano ospiti, e nell'austerità diffusa intorno alla tavola essi non osavano, nonché rivolgersi la parola, neppure guardarsi. Si sedevano ai loro posti con tante speranze e desideri, si alzavano e si allontanavano, finito il pasto, con il cuore pieno di cose non dette e muta tristezza. E la primavera era ancora lontana.

Solo quando la famiglia, tutta riunita, andava alla messa, la domenica e le altre festività canoniche, capitava che Hadlaub sfiorasse camminando il mantello di Lisi, passandole accanto nel folto gruppo dei parenti, e talvolta la toccasse, anche perché lui, chiuso nella sua giubba pesante, sporgeva un gomito o una mano, quasi ad accarezzare lievemente il mantello di lei. Ma se ne accorgeva la fanciulla?

Fu cosí che nacque nel giovane l'idea che gli avrebbe consentito di comunicare con lei, di vederla, di goderne la compagnia, raggiungendo il colmo della felicità, ma che alla fine lo avrebbe perduto causando in entrambi amaro rimorso e acerba disperazione. L'idea di appuntare al mantello di lei un bigliettino, un minuscolo ritaglio di pergamena, con un piccolo gancio che si nascondeva nelle pieghe del mantello e nessuno poteva scorgere tranne la persona che sapeva, desiderava e aspettava.

In quel bigliettino Hadlaub formulava le sue domande, le risposte di lei, che altro modo non aveva per partecipare al colloquio, le proposte e i progetti per vedersi in segreto quando fosse possibile, cioè quando il ghiaccio fondesse e il sole tornasse a riscaldare la terra, il prato e le foreste. Cosí, con le sole parole di lui comunicarono i reciproci sentimenti, i segni dell'amore ai quali lei, come muta, rispondeva con qualche rapido sguardo e furtivo sorriso.

Ma la forza dell'amore non consentí ai due innamorati di attendere che il sole riscaldasse il mondo e concedesse loro un luogo riparato e tiepido in cui celarsi nel parco. Hadlaub propose una torricella che serviva da specola di avvistamento e d'inverno non veniva usata perché le rive del lago erano ghiacciate e da quella parte non arrivava nessuno. La fanciulla accettò, e finalmente da muti divennero loquaci, e da statue si trasformarono in giovani vivi e ardenti d'amore.

Però una volta troppo a lungo dimorarono nella loro intimità, e Lisi a un tratto si accorse che dalle finestre della torricella non entrava piú la luce del giorno bensí la pallida bruma del crepuscolo. Spaventata, si rassettò e fuggí via. L'amante, rimasto solo, s'arrovellava che non avessero fissato un successivo incontro, ma tosto si consolò pensando che sarebbe ricorso all'usato sistema del bigliettino appuntato al mantello di lei.

Scese nella sua stanzetta dove conservava i ritagli di pergamena, sottili strisce ricavate dai bordi dei libri di conti che compilava per il suo signore, ne scelse il piú bello, bianco e liscio e, con la penna piú appuntita che aveva, scrisse un verso d'amore e il tempo dell'incontro nel luogo che entrambi già conoscevano. E attese la domenica per andare alla messa. E senza che nessuno se n'avvedesse appuntò sul bruno mantello della fanciulla la sottile striscia lucente.

Proprio quella lucente bianchezza, che lui aveva cercata perché esprimeva la gioia del loro amore, li tradí entrambi. La cameriera di lei vide il bigliettino e, senza che la padrona se ne accorgesse, lo tolse e lo consegnò alla madre. Invano Lisi lo cercò tra le pieghe del mantello, angosciata dal dubbio, ché non sapeva se lui le avesse rinnovato l'invito all'incontro, né se ancora l'amava e la desiderava. In ansia e terrore trascorse la domenica e il giorno seguente, non trovando modo di comunicare al giovane innamorato il suo terribile dubbio. Era ancora per lui il suo «giovane bocciolo gentile» come usava chiamarla nell'intimità? E allora perché non aveva trovato un bigliettino nel mantello come le altre volte?

A tavola non erano piú vicini: lui sedeva tra i fratelli di lei, e lei tra la mamma e la nutrice. E non poterono scambiarsi che timidi sguardi dubbiosi. Poi un giorno il signore chiamò il suo scrivano e, senza a null'altro accennare, gli comunicò solennemente che doveva partire per un lungo viaggio che lo avrebbe tenuto lontano da quella casa per molte stagioni.

– Voi sapete – gli disse – che da tempo ho in animo l'impresa di raccogliere in un grande codice miniato le poesie delle «corti d'amore» della Germania meridionale, dalla Alemagna alla Svevia, alla Baviera e all'Austria, ogni poesia che si possa ancora trovare, dai piú antichi cantori d'amore ai nostri contemporanei. È un compito difficile che non posso affidare che a voi, poiché ne avete la competenza e il coraggio. Dovrete viaggiare, percorrere le terre verso oriente, raccogliendo notizie e fermandovi in monasteri e castelli, dove tali scritti si raccolgono e si conservano. Voi già conoscete per fama i poeti piú antichi, i piú moderni vi sono familiari, e forse avrete la fortuna di trovarne ancora qualcuno vivo. Tutti i manoscritti che riuscirete a scoprire li copierete, i componimenti che vi saranno recitati li trascriverete. Nessuno può rendermi questo servigio meglio di voi.

Il giovane lo guardò stupito per qualche attimo, poi s'inchinò a significare la sua accettazione. Il signore continuò:

– Non partirete da solo: vi darò come scorta e guida il piú fido dei miei cacciatori, Guilbert, che certo conoscete, un rotolo di pergamene nuove e due cavalli. Porterete celate sulla vostra persona lettere di credito per certi miei amici dislocati in diverse città lungo il vostro percorso, i quali vi soccorreranno in denari e quanto vi occorrerà. Non posso nascondervi che l'impresa che vi affido non è priva di pericoli, primo tra tutti i briganti delle strade e delle foreste, osti e locandieri disonesti. Cercate di percorrere vie battute dai mercanti, chiedete ospitalità nei monasteri e nei castelli piú grandi: la vostra guida, Guilbert, conosce tutte le terre che da qui si estendono verso oriente, fino a un certo punto. Datemi ora una esplicita risposta: vi regge l'animo di assumere su di voi questa impresa? Ve ne verrà grande onore e la mia gratitudine per tutta la vita. La vostra prima tappa sarà un luogo che ben conoscete, Einsiedeln.

Il giovane Hadlaub s'inchinò nuovamente e disse:

– Poiché voi me lo chiedete con tanta generosa partecipazione non posso che accogliere la vostra proposta, signore, ben sapendo quanto vi devo e con quanta benevolenza mi avete accolto nella vostra casa. La quale mi mancherà molto, come la vostra persona e la vostra famiglia...

Fu interrotto dall'arrivo di Guilbert e dall'irruente gioia con cui il cacciatore, di pochi anni piú vecchio di Hadlaub, aveva accolto la proposta che per lui rappresentava una meravigliosa avventura.

– Permettetemi, signore, di baciarvi le mani in segno di gratitudine per questa occasione che offrite alla mia vita! – esclamò inginocchiandosi davanti al vecchio Manesse.

– Basta, basta, – disse questi rialzandolo con un gesto della mano. – Prendete entrambi commiato dalla mia famiglia e preparatevi a partire tra due giorni all'alba, e che il Signore vi accompagni.

4. Il commiato

Il commiato fu penoso: Hadlaub aveva capito tutto. Aveva capito che il suo biglietto era caduto in mani nemiche e forse Lisi neppure l'aveva visto. La partenza improvvisa voleva essere una tacita e cortese separazione dei due innamorati, anche se il progetto maturava da tempo nella mente del vecchio Manesse. La cura con cui da quell'ultima domenica erano stati sorvegliati, sí che neppure una parola si erano potuti scambiare, lasciava chiaramente intendere che il padrone era informato del loro amore e degli incontri segreti.

E lei, la fanciulla innocente, sapeva quello che era successo? Del furtivo biglietto sottratto da mano ostile? O dubitava che lui l'abbandonasse perché non l'amava piú? Questo dubbio, il pensiero che lei si arrovellasse nell'incertezza e soffrisse, oltre che per la separazione, per cui anche lui soffriva, per il tarlo tormentoso di un suo tradimento, di un abbandono voluto... L'idea che piangesse, come piangeva lui, alla notizia del suo allontanamento dalla casa, perché questo era il vero scopo del vecchio, lo gettò nella piú nera disperazione. E per quanto cercasse di comunicarle tutto il suo sgomento, non trovò via alcuna di vederla e di parlarle. Entrambi erano sorvegliati da tanti occhi severi.

Il congedo ufficiale si svolse la sera del giorno precedente la partenza, dopo la cena, piú del solito triste e silenziosa.

I due innamorati si scambiarono di lontano fuggevoli sguardi disperati, e in quella disperazione ognuno poteva leggere i sentimenti dell'altro. E una promessa, forse, debole e muta, di attendere... che cosa? Il ritorno dell'amante?

– Signori, – cominciò solennemente il nobile Manesse, – è giunta l'ora di separarci perché domani prima dell'alba i due giovani qui presenti, Hadlaub e Guilbert, partiranno per un lungo viaggio che li terrà lontani da noi per qualche stagione. Partono con la mia benedizione e con l'augurio di riuscire a compiere l'impresa che io ho affidata a Hadlaub e che porterà onore a me e a lui. A voi, Guilbert, esperto di armi e di viaggi, affido il compito di proteggere il giovane e inesperto letterato. Riconducetelo a casa, quando che sia, sano e salvo. Partite entrambi accompagnati dall'affetto di tutta la famiglia. E che Dio vi protegga.

Ai due giovani non restò che inchinarsi in segno di obbedienza e ringraziamento. E lo fecero, uno con l'animo esultante per la gioia dell'avventura, l'altro con la morte nel cuore e la disperazione negli occhi. La stessa disperazione lesse nel pallore di un piccolo volto di fanciulla e negli occhi che lo guardavano sgomenti e smarriti.

5. Alla ventura

Partirono prima dell'alba. L'ultima falce di luna calante s'immergeva nell'acqua del lago deserto, inargentandone la superficie con una luminescenza malinconica e spettrale. Cavalcarono per un certo tempo nel silenzio della notte, immersi ognuno nei propri pensieri, cosí diversi, volti in avanti quelli di Guilbert, all'indietro quelli di Hadlaub, alla casa lasciata e alla donna dalla quale lo allontanava il viaggio verso terre sconosciute, prive per lui di qualsiasi attrattiva. Sentiva un vuoto nel cuore. No, non era un vuoto, era pena per la fanciulla che rimaneva sola nella grande casa sul lago, in una famiglia che forse le era ostile perché amava un uomo di condizione inferiore.

– Tra poco saremo ad Einsiedeln, signore, – disse Guilbert rompendo quel silenzio greve.

– È vero, – mormorò Hadlaub tristemente. – Tra poco sarò di nuovo tra i monaci che mi allevarono quand'ero bambino. Non avrei mai dovuto lasciare il monastero.

– Perché? – chiese sorpreso l'altro. Ma poi, vedendo che il poeta scuoteva malinconicamente la testa senza rispondere, desistette. Aveva capito che il suo compagno di viaggio era infelice.

Hadlaub fu riconosciuto e accolto con gioia dai suoi vecchi maestri: erano stati avvertiti del suo arrivo e lo attendevano con ansia. Fecero festa anche al cacciatore e subito imbandirono un ristoro per i nuovi venuti.

Il mattino seguente il giovane poeta fu accompagnato nello scrittorio. Padre Fulcherio, il suo antico maestro, gli chiese:

– Riconoscete il vostro posto?

Hadlaub si diresse senza esitare verso il suo stallo di un tempo e, mentre il monaco gli faceva vedere i manoscritti che già erano stati preparati per la trascrizione, mormorò:

– Sí, riconosco tutto. Ero felice qui con voi, e forse non avrei mai dovuto andarmene. Nulla è cambiato in questo luogo, io invece non sono piú me stesso. Non so chi sono, padre.

– Nel mondo si cambia piú in fretta, figliuolo, e forse si soffre di piú. Ma nella vita, poco o molto, si cambia sempre. Anche tra queste mura –. E, mettendogli una mano sulla spalla in segno d'affetto, aggiunse: – Bisogna avere coraggio, qui come fuori, è la vita stessa che ce lo chiede.

E in silenzio padre Fulcherio si allontanò lasciandolo solo con il suo lavoro e i suoi pensieri.

Rimasero alcuni giorni nel monastero di Einsiedeln, Hadlaub impegnato a trascrivere poesie d'amore, Guilbert a cavalcare per i dintorni che già conosceva.

Ripartirono all'alba di un mattino carico di nuvole minacciose, sospinte da folate di vento umido e freddo. Entrambi tacevano: Guilbert avrebbe voluto ritardare di almeno un giorno la partenza per evitare un temporale che pareva imminente, ma Hadlaub era stato irremovibile. Aveva fretta di allontanarsi da quel luogo troppo vicino alla dimora dei Manesse, di mettere molte miglia di distanza tra sé e il grumo di dolore che circondava quella casa, quel monastero, il lago stesso di Zurigo. Cavalcavano in silenzio lottando contro il vento, il freddo e quello che avevano in cuore.

A un tratto Guilbert, che mal sopportava il malumore, chiese:

– Signore, forse qualcosa vi turba? Vi sento cosí cupo e triste...

Hadlaub alzò la testa che teneva abbassata per meglio ripararsi dal vento, guardò il suo compagno di viaggio quasi scoprendo in lui per la prima volta un suo simile, un uomo con speranze, gioie e dolori e, dopo averlo considerato a lungo, rispose:

– Sí, Guilbert, sono molto triste –. E, dopo una pausa di cupo silenzio, aggiunse: – Se torno vivo da questo viaggio, mi ritirerò nel monastero per non uscirne piú.

Guilbert tacque, fortemente impressionato da quelle parole. E tra i due fu di nuovo silenzio. Intanto il cacciatore spiava il cielo che con l'avanzare del giorno andava schiarendosi. Le nubi si diradavano, il vento si calmava e in breve cessò. Sul loro capo il cielo apparve azzurro e sereno.

– Signore, l'aurora imbianca l'oriente verso cui cavalchiamo –. La voce di Guilbert ridestò Hadlaub dai suoi pensieri angosciosi. – C'è una locanda a due miglia di cammino. Propongo di fermarci a fare una buona colazione. Là io sono di casa.

– Certo, come vuoi, Guilbert, – rispose il giovane con la voce di chi viene richiamato improvvisamente alla realtà. Se ne vergognò, si schiarí la gola, e fingendo un interesse che non sentiva, aggiunse: – Sí, amico, a quest'ora una buona colazione ci sta proprio bene.

– Per scacciare il freddo e la malinconia, – aggiunse Guilbert guardando il compagno di sottecchi perché sentiva la sua pena pur non conoscendone l'origine.

Giunsero alla locanda con il cielo già chiaro, anche se il sole non era ancora sorto dietro i monti. Una ragazza usciva in quel momento dalla casa per gettare il mangime alle oche. Quando vide i due cavalieri venire dal bosco, si fermò, prima stupita e poi tutta ridente.

– Gretel! – chiamò Guilbert spronando verso di lei, che restò immobile col viso illuminato dal primo raggio di sole e dal sorriso felice. Le oche arrivarono in schiera golosa del loro pasto chiedendolo con stridule grida, e siccome la fanciulla s'era fermata nel gesto d'immergere la mano nel mangime, le volarono addosso con furia festosa e, raddoppiando le grida in brevi voli stentati, le strapparono di mano le cocche del grembiule rovesciandone a terra il contenuto, sul quale si gettarono a becchettare fameliche e felici.

La ragazza, liberatasi da quell'assalto affettuoso, scosse la gonna e corse incontro al cavaliere, che dall'alto del cavallo si chinò sul suo viso baciandolo ripetutamente. Dopo la prima effusione i due giovani si volsero al sopraggiungente Hadlaub, rossi in volto entrambi.

– Signore, questa è Gretel, la mia innamorata, – disse Guilbert mentre la fanciulla, fatta una frettolosa riverenza, fuggiva verso la locanda.

I due uomini la seguirono a passo lento; scesi di cavallo affidarono le bestie a uno stalliere ed entrarono nella sala per gli ospiti, dove ardeva un bel fuoco. Hadlaub fu colpito da un grato profumo di salsicce affumicate, e le vide appese all'interno del camino, in alto, su braci spente, dove giungeva insieme al fumo il tepore fatto lieve della fiamma. Quella vista e quel profumo destarono in lui l'appetito, e non solo in lui.

– Che fame! – esclamò in quel momento Guilbert, che si era levato i guanti e si stropicciava le mani intirizzite.

Comparve l'ostessa, la vedova Blum, e li salutò con un allegro:

– Benvenuti, signori! Quella bricconcella di mia figlia mi ha già annunciato il vostro arrivo, e adesso si è nascosta perché si vergogna del giovane signore che non conosce. Gretel! – chiamò verso l'interno della casa. – È cosí che accogli gli amici? Senza neppure farli accomodare? Perdonate, signore, – soggiunse volgendosi verso Hadlaub, – è ancora una bambina. Mettetevi qui, vicino al fuoco: è una bella giornata, ma al mattino l'aria resta fredda.

– Non siamo ancora in primavera, – osservò Guilbert sedendosi sulla panca dopo che Hadlaub si era scelto il posto piú vicino al fuoco. Nella tristezza di quella partenza non si era accorto che il gelo del suo cuore si alleava al gelo dell'aurora, e ora improvvisamente si sentiva tutto intirizzito.

– Padrona, portateci qualcosa di caldo, ché abbiamo fame e freddo, – gridò il cacciatore all'ostessa che andava sistemando tavoli e panche ancora accatastati per la pulizia mattutina. I mattoni del pavimento si rivelavano, con il colore vivo, accuratamente spazzati.

– Ho già dato l'incarico a Gretel di scaldare salsicce e rape. Intanto vi porterò lardo affumicato e birra tiepida, per cominciare. Non aspettavo ospiti cosí mattinieri...

– Siamo in partenza per un lungo viaggio che ci terrà lontani per molto tempo –. Guilbert non si era accorto che in quel momento era apparsa sulla soglia, venendo dall'interno con un vassoio di legno carico di cibarie, la figuretta di Gretel, e lí si era fermata, perché le parole dell'innamorato le avevano spento il sorriso sulle labbra. Si avvicinò silenziosa al tavolo dove sedevano i due uomini e, deposto il vassoio, rimase immobile in attesa di qualcosa. Guilbert la guardò in volto, vide la sua tristezza e, cingendole la vita con un braccio, disse:

– Sí, Gretel, partiamo per un viaggio piuttosto lungo, per un incarico che ci ha affidato il nostro signore. Non sappiamo quando torneremo. Non essere triste, su, non fare quella faccia... Sorridi! Vedessi quanto sei bella quando sorridi! E poi sei tanto giovane...

Ma sul piccolo viso della fanciulla non apparve nessun sorriso, anzi spuntarono due lacrime. Hadlaub, che aveva assistito alla scena, si commosse a quel pianto e, prendendo e baciando la mano della ragazza, disse dolcemente:

– L'amico Guilbert ha esagerato. Torneremo molto presto. Non è il caso di piangere, e tra poco è primavera!

La fanciulla sorrise tra le lacrime guardando in volto il giovane poeta, e si accorse di quanto era bello, biondo e gentile, assai piú del suo innamorato. Mentre disponeva i cibi sulla tavola approfondiva il confronto tra i due uomini e già cominciava a pensare che al mondo, in fin dei conti, non c'era solo Guilbert. Si asciugò le lacrime col dorso della mano, e sorrise al cavaliere mentre tagliava fette di lardo e le disponeva sul pane di segale scaldato nel camino.

I due giovani mangiarono con grande appetito quel cibo ristoratore innaffiandolo con abbondante birra tiepida e leggera, ma già entrava nella sala la padrona recando un grande vassoio fumante di salsicce e rape arrostite. La nuova portata fu accolta con esclamazioni di entusiasmo dai due viaggiatori, che si affrettarono a invitare madre e figlia a sedere al loro tavolo. Mentre essi mangiavano avidamente, le due donne si limitarono ad assaggiare qualche boccone di salsiccia, tanto per non offendere. L'ostessa chiacchierava del tempo, della primavera vicina che già scioglieva la neve dai tetti e, tra una parola e l'altra, cercava d'informarsi sullo scopo del viaggio misterioso. La fanciulla sorrideva, ora, ai due viaggiatori, uno dei quali portava sulla schiena uno strano involto che la incuriosiva.

Approfittando di una pausa nel flusso di parole di sua madre, chiese:

– Signore, mi potete dire che cos'è quel fagotto sulle vostre spalle?

Hadlaub sorrise deponendo il «fagotto» da cui, apertolo, estrasse il suo strumento.

– È una viola, Gretel, sulla quale mi accompagno quando canto.

– È un poeta, – intervenne Guilbert, – e forse, se glielo chiedi tu, ci canta una delle sue canzoni.

– Sí, vi prego, – mormorò la fanciulla con occhi ridenti.

Il poeta obbedí a tanto gentile invito e cantò, toccando dolcemente le corde, un componimento sulla primavera, la sua bellezza e i suoi doni, com'era nello stile delle «corti d'amore». Gretel ascoltò ammaliata, poiché era la prima volta che un poeta cantava per lei. E tanto dolcemente. Quando il cantore tacque, lo ringraziò e gli chiese:

– Come vi chiamate, signore?

– Hadlaub, – rispose il poeta.

– La vostra canzone è molto bella, la piú bella che ho udita finora.

Quando i due viaggiatori rimontarono a cavallo per riprendere la loro strada, la fanciulla, dopo aver baciato Guilbert, chiese arrossendo se le era consentito di baciare anche il poeta. Avuto il permesso, si avvicinò a lui che si chinò dall'alto della cavalcatura, e sollevandosi sulla punta dei piedi lo baciò su entrambe le guance. Poi i due spronarono via.

– Avete fatto una conquista, signore, – disse Guilbert quando furono abbastanza lontani.

– Guilbert, siete stato troppo brutale con quella bambina. Occorreva consolarla.

– Non mi ero accorto che stava sulla porta. Ad ogni modo si è consolata in fretta, – aggiunse con fare risentito.

– E voi, pensate già a consolarvi a vostra volta?

– Certo, – rispose il cacciatore ridendo. – Mi spetta!

Ed entrambi diedero di sprone allegramente.

6. Le due mogli del mugnaio

Cavalcarono con buona andatura gran parte della giornata, attraversando boschi e brevi radure, sempre verso oriente, verso una casa che Guilbert diceva di conoscere, dove avrebbero fatto sosta e pernottato. Per un certo tratto seguirono un ruscello, sulle cui sponde già fiorivano sotto le foglie secche i primi fiori, piccoli, nascosti tra l'erba quasi a ripararsi dal freddo della notte. Il luogo era bello, il sole alto nel cielo, e il loro stomaco reclamava il contenuto delle bisacce riempite dalla vedova Blum al momento della partenza. Decisero di fermarsi, fare uno spuntino e lasciar riposare i cavalli. Li legarono al tronco di due alberi circondati da erbetta tenera e fresca, e si sedettero su due pietre piacevolmente scaldate dal sole.

Mentre mangiavano staccando un morso dal pane e uno dalla salsiccia, Hadlaub s'informò sulla prossima sosta: era un po' preoccupato perché sapeva che il suo compagno era abituato a pericoli e disagi, che affrontava spavaldamente come risultava dai racconti fatti alla servitú, quando tornava da una caccia o da un viaggio per conto del suo padrone.

– Non temete, signore. È un mulino a poche miglia da qui. Ci arriveremo sul far della notte. Troveremo cibo in abbondanza, una casa calda e buona accoglienza. Forse per la notte dovremo accontentarci di un letto improvvisato, in cucina, perché il proprietario, un mugnaio mio amico, ha solo due stanze da letto.

– Due stanze? – chiese stupito il poeta. – Allora potrà cederne una a noi, non ti pare?

– No, perché le occupa tutte e due lui. Dovete sapere che si è sposato da poco e non ha ancora figli.

– Se non ha ancora figli, che cosa se ne fa di due stanze da letto?

Guilbert ebbe uno strano sorriso:

– Il mio amico mugnaio, come spesso i mugnai, è un personaggio un poco strano. Ha due mogli, una piú bella dell'altra. Quindi, secondo l'umore della sera, dorme ora con l'una ora con l'altra. Per questo le due stanze servono a lui entrambe.

– Ma non può essere! Una delle due sarà la moglie e l'altra una concubina, – esclamò Hadlaub pieno di stupore.

– Ma... Io non m'intendo di queste sottigliezze. Sarà come dite voi che avete studiato. So che le tratta tutte e due con molto rispetto, come si deve trattare una moglie, e le ama moltissimo, ne sono certo. D'altra parte vedrete voi stesso con i vostri occhi, quando saremo arrivati. A proposito, è ora di ripartire, il sole sta calando e tra non molto sarà buio.

Rimontarono a cavallo e si avviarono. Cavalcando, Hadlaub ripensava alle parole di Guilbert sul mugnaio. Com'era possibile che un uomo avesse due mogli? La legge non lo consentiva, ma nemmeno il buon vivere civile. Per non parlare della Chiesa. Quelle tre persone vivevano in peccato mortale, erano tutte e tre colpevoli di adulterio, ripetuto e continuato. Che cosa avrebbe detto un sacerdote se fossero andate a confessarsi? Ma presto gli venne in mente che anche lui viveva in peccato mortale... e anche la povera Lisi, che lui aveva trascinato con sé nell'abisso della colpa...

– Signore, guardate che bel tramonto ci sta alle spalle! – disse Guilbert voltandosi.

Era uno splendido tramonto con striature rosso-arancione venate di tenero turchese. Si fermò anche lui a guardare tanta bellezza che i suoi tristi pensieri gli avevano impedito di scorgere.

– Quando vedo uno spettacolo come questo, non posso fare a meno di ringraziare il buon Dio che mi ha dato la vita e la mia mamma che mi ha partorito, – disse Guilbert.

Hadlaub lo osservò con malcelata ammirazione:

– Non sapevo, Guilbert, che foste cosí sensibile alla bellezza della natura!

– Ci vivo in mezzo, signore, – rispose l'altro riprendendo il cammino. – Quando vado a caccia, e sono sempre solo perché al padrone non piace cacciare, mi guardo intorno e nulla mi sfugge. Erbe, piante, uccelli, animali. Scopro che anche una semplice foglia può contenere una bellezza infinita. Che cosa credevate, – aggiunse in tono beffardo, – che i fagiani per la tavola dei padroni li cacciassi in un pollaio?

A quella battuta Hadlaub non poté trattenere una risata. Uno strano personaggio quel suo compagno di cammino, fatto di terra e di qualche materiale prezioso che non avrebbe saputo dire. Cominciò a considerarlo con maggior interesse.

Proseguirono per un buon tratto in silenzio, ognuno preso dai propri pensieri. Quelli del poeta si avvolgevano ora intorno al suo compagno di viaggio come a una matassa aggrovigliata, della quale non riusciva a trovare il bandolo. Quelli del cacciatore non li conosciamo. Forse non pensava a niente, guardava e ammirava ciò che lo circondava, o forse anelava semplicemente al riposo nella casa del mugnaio.

– Ecco la gora del mulino, – disse a un tratto indicando un piccolo canale impetuoso che scendeva da un'altura. – E lassú c'è la casa –. Indicava una costruzione a metà del poggio, sul quale già appariva la grande ruota con le pale mosse dall'acqua della gora.

Dietro la ruota spuntò un tetto, poi un muro di pietra, e a mano a mano che i cavalieri salivano la collinetta, si mostrava tutta la dimora, bella ampia, con il portone dipinto di rosso, sul cui trave era conficcata una torcia già accesa, benché la luce del crepuscolo non fosse ancora del tutto spenta.

Al rumore degli zoccoli sull'aia, dal portone uscirono due donne, molto simili tra loro e vestite quasi allo stesso modo: solo il colore della gonna le distingueva, perché una era rossa e l'altra azzurra.

Entrambe fecero festa a Guilbert circondando lui e la cavalcatura, mentre lanciavano occhiate curiose e prive di timidezza al giovane biondo, sul quale facevano domande al loro amico con palesi cenni e sussurri.

– Ragazze! Lasciatemi scendere da cavallo, – diceva lui cercando di moderare la loro impazienza, ma in realtà con l'intento di aguzzarne la curiosità rimandando risposte e spiegazioni. Infatti scese lentamente, stiracchiò braccia e gambe, scosse la polvere dalla giubba, dando il tempo al compagno di rassettarsi una volta smontato, e alla curiosità delle donne di raggiungere la massima intensità.

Quando si avvide che esse si avvicinavano al cavaliere allontanandosi da lui, e gli chiedevano apertamente chi era e come si chiamava, per non perdere il suo ruolo di primattore si fece avanti e, preso Hadlaub per una mano, lo presentò alquanto teatralmente:

– Mie signore, vi presento un amico e grande poeta, conosciuto in tutta la città di Zurigo, messer Hadlaub, che compone e canta canzoni d'amore accompagnandosi con la viola, quello strumento che porta sulla schiena, e che potete ben vedere.

Queste parole fecero grande impressione sulle due ragazze, che distolsero gli occhi da Guilbert e li sgranarono in volto al nuovo arrivato. Gli diedero il benvenuto con una piccola gentile riverenza, poi condussero i cavalli nella stalla dicendo ai due uomini di accomodarsi in casa, mentre loro si prendevano cura delle bestie. I due entrarono in una bella cucina pulita e ordinata, dove il fuoco ardeva in un grande camino. Hadlaub, stanco del viaggio a cui non era abituato, si lasciò cadere su una panca, mentre il suo compagno si guardava attorno come cercando qualcuno.

– Non vedo il padrone di casa, – disse infatti, – di solito a quest'ora è già rientrato per la cena. Non vedo neppure la tavola apparecchiata...

In quel momento ricomparvero le due donne e chiusero il portone alle loro spalle.

– Abbiamo dato ai cavalli acqua e biada, ora pensiamo a noi, – disse gonna rossa prendendo da una credenza piatti e bicchieri di stagno e sistemandoli sulla tavola, mentre l'altra, gonna azzurra, estraeva dalla dispensa pane, salsicce e cacio.

– Non aspettavamo ospiti, quindi non abbiamo preparato nulla di caldo. Ma rimedieremo subito mentre voi vi dissetate –. E cosí dicendo metteva in tavola un boccale di birra. – Assaggiate queste salsicce di fegato che abbiamo fatto con le nostre mani per Natale.

– Ma vostro marito? – chiese Guilbert senza riuscire a nascondere la sorpresa.

– Ah già! Non ve l'abbiamo detto? È via per affari. Forse torna domani sera o doman l'altro, – rispose gonna rossa senza smettere di affaccendarsi.

– E voi siete qui sole? Non avete paura?

– Paura di che? – ribatté la ragazza. – Siamo in due e nessuno sa che nostro marito è via. Nessun malintenzionato si avventurerebbe fin qui perché tutti lo temono. E il mulino è fermo, non è tempo di molitura.

– E quando avete visto noi due uscire dal bosco?

– Vi abbiamo riconosciuto subito, Guilbert, e ci siamo rallegrate della vostra compagnia –. Era gonna rossa che aveva risposto spavaldamente al cacciatore, mentre gonna azzurra affettava su un tagliere salsicce di fegato e lardo affumicato.

Intanto aveva messo a bollire appeso alla catena del camino un paiolo in cui aveva gettato rape e cipolle tagliate grossolanamente, e ora batteva e ribatteva sul medesimo tagliere, con la lama di un gran coltello, una spessa fetta di lardo riducendola in poltiglia e sminuzzandoci dentro alcuni spicchi d'aglio. E gettava il tutto nel paiolo ribollente. Mentre mangiavano con appetito le salsicce di fegato con pane di segale, i due uomini aspiravano voluttuosamente il profumo che saliva dal paiolo.

– Buone queste salsicce, – osservò Guilbert, – hanno un profumo che mi è nuovo. Che cosa ci avete messo dentro?

Gonna azzurra staccò da un chiodo un fascio di erbe appese alla parete e glielo mise sotto il naso. Poi ne tolse alcune foglioline accartocciate, le stritolò nel palmo della mano e un inconsueto profumo riempí tutta la stanza. Alla muta domanda dell'uomo, rispose sorridendo:

– Timo di montagna, signore, che mescolato all'aglio serve a conservare per qualche mese le salsicce di fegato, insieme a foglie di menta essiccata. Altrimenti non durano piú di un mese o due, anche se vengono affumicate. Quando tornerà nostro marito, uccideremo un altro maiale e avremo carne fresca. Adesso abbiamo soltanto carne secca.

– Ma se avessimo potuto prevedere il vostro arrivo avremmo ucciso una gallina, tanto in questa stagione le galline non fanno uova, – aggiunse gonna rossa. – Se vi fermate da noi, domani mia sorella, che è brava cuoca, vi cucinerà una bella gallina.

– Non possiamo fermarci, – si affrettò a dire Hadlaub; – partiremo domani mattina alla prima luce del giorno. Se ci date ospitalità per questa notte ve ne siamo grati.

Guilbert lo guardò piuttosto corrucciato:

– Che bisogno c'è di partire subito?

– Dobbiamo arrivare al piú presto al monastero di San Gallo, per mandare da lí notizie al nostro signore per mezzo di quei monaci. Lí troverò certamente molto materiale per il mio lavoro e ci fermeremo quindi diversi giorni. Non dimenticate che abbiamo un incarico da assolvere, e non siamo in viaggio per il nostro diletto.

Il cacciatore bofonchiò qualcosa d'incomprensibile, ma riacquistò il suo consueto buon umore quando gonna rossa andò a sedersi sulle sue ginocchia e disse in tono suadente:

– Non preoccupatevi, Guilbert, se non sarete qui per mangiare la gallina, la gallina verrà via con voi cucinata da mia sorella.

Intanto gonna azzurra aveva gettato nel paiolo una manciata di quelle foglioline dopo averle stritolate nel palmo della mano, e aveva rimestato la zuppa con un lungo cucchiaio di legno. Un soavissimo profumo si diffuse dal paiolo. Dispose in quattro scodelle, pure di legno, quattro fette di pane nero e, dopo un'ultima rimestata, si accinse a staccare il paiolo dalla catena. Hadlaub fu lesto ad alzarsi per correre ad aiutarla: con le mani protette dalle cocche del grembiule della ragazza sollevarono insieme il pesante recipiente dal gancio e lo posarono sul bordo del camino. Gonna azzurra ringraziò il cavaliere con un sorriso celestiale. Lui tornò a sedersi al suo posto col cuore inondato da quel sorriso.

– Questa zuppa piace molto a nostro marito, – disse la ragazza riempiendo le scodelle con un cucchiaione di legno, – quindi penso che piacerà anche a voi.

Doveva essere veramente buona perché, durante le prime cucchiaiate, nessuno parlò. Hadlaub rifletteva che né in convento né alla tavola dei signori Manesse aveva mai mangiato una zuppa cosí saporita. E lo disse, appena il godimento del palato gli permise di parlare. Guilbert annuiva in silenzio, e quando ebbe vuotato la scodella ne chiese una seconda.

– Siete insaziabile! – lo sgridò il poeta, scolando il suo bicchiere di birra, che gonna azzurra subito gli riempiva.

– Veramente squisita, questa zuppa! Quando torneremo a casa voglio insegnarla alla cuoca dei signori Manesse, che da una bella gallina riesce a tirar fuori quella bevanda insipida che chiamano brodo! – disse Guilbert suscitando l'ilarità di tutti.

Saziata la fame, terminata la cena, le due donne pregarono il poeta di cantare una sua canzone e, poiché Hadlaub si schermiva accusando la stanchezza del viaggio, gonna azzurra gli pose in mano la viola invitandolo con un sorriso. E lui cantò una malinconica canzone che parlava di una lunga traversata per mare, tra tempeste e bonacce, fame e sete e tanta paura. Finita la canzone, il poeta chinò la testa sul tavolo vinto dallo scoramento.

– Perché siete cosí triste, signore? – chiese gonna azzurra. Hadlaub rispose con un muto sorriso.

7. Notte al mulino

Era l'ora di andare a dormire. Le due donne presero ognuna una candela e si avviarono per una breve scala che portava a un soppalco. Lí si aprivano due porte, riparate da una pesante tenda di cuoio, che immettevano in due stanzette prive di finestra. Unica luce quella della candela, che fu posta in un anello infisso nel muro.

Hadlaub, tutto assonnato, poté soltanto accorgersi che una delle due donne lo aiutava a spogliarsi e a coricarsi in un grande letto che occupava quasi per intero la stanzetta. Sentí qualcuno coprirlo con una pesante coltre di pelliccia e spegnere la candela. Stava per precipitare nel sonno, e prima che ciò accadesse, supponendo di non essere solo in quel grande letto, mormorò:

– Buonanotte Guilbert.

Gli rispose una risatina leggera che non veniva certamente dalla voce del suo compagno di viaggio. Allungò una mano e incontrò un corpo nudo. Un corpo di donna. Benché scarsa fosse la sua competenza in materia, non ebbe dubbi: quello non era Guilbert. Improvvisamente sveglio, gridò:

– Chi siete? Chi c'è nel mio letto?

Gli rispose la stessa risatina di prima, poi sentí una mano che lo cercava accarezzandolo, mentre una vocina dolce mormorava:

– Non è il vostro letto, signore. È il mio. Siete coricato nel mio letto.

Hadlaub balzò a sedere e fece per scappare. Ma dove? Con quel buio non avrebbe trovato neppure la porta. Inoltre due braccia morbide, ma robuste, lo inchiodavano al letto.

– Dove volete fuggire, bel giovane? Di che avete paura? Voglio solo il vostro amore, non la vostra vita. Smettete di scalciare e dibattervi, lasciatevi guidare dalle mie mani.

– Dov'è Guilbert? Dov'è il mio compagno di viaggio? Credevo che fosse qui nel letto accanto a me!

– Vorreste dormire con un uomo? Ahi, ahi, mio signore, – la voce era suadente e ironica insieme, – non è meglio con una donna? Non preoccupatevi per il vostro amico: è nella stanza accanto e si gode mia sorella. E non credo che vi preferirebbe a lei...

Con queste parole il discorso tra il poeta e la sua seduttrice terminò e seguirono le carezze e i gesti dell'amore. Nel silenzio. Finché entrambi, esausti, cedettero al sonno. Ma dopo qualche tempo, minuti? ore?, Hadlaub si sentí toccare, soavemente, da un piede, il quale si agitò fino a svegliarlo. Poi vennero altri arti, mani, braccia, l'altro piede, e il poeta si trovò prigioniero di una gabbia morbida e tenace, sottoposto alla volontà di quelle membra, incapace di ribellarsi... Ma perché poi? E fu vittima ancora una volta di donneschi artifizi. Vittima? In realtà non gli furono tanto molesti.

Si risvegliò nel tardo mattino. Il sole penetrava dalla tenda lasciata socchiusa. Udí la voce di Guilbert, evidentemente già sceso, che salutava dando il buongiorno. Si affrettò a vestirsi per andare in cucina, richiamato anche dal profumo del pane abbrustolito nel camino. E trovò gli altri seduti a tavola ad aspettarlo.

– Buongiorno, Hadlaub, avete dormito bene?

Gli parve che tutti lo guardassero con allegra ironia, ma forse era una sua impressione. Decise di stare al gioco:

– Veramente, – disse sedendosi al posto lasciato libero per lui, – c'era qualcuno nel mio letto che si è agitato molto...

– Per forza, – rispose Guilbert, – ci sono due letti in tutta la casa e siamo in quattro. Volevate forse che dormissimo in tre in un letto per lasciare l'altro tutto a voi?

– Era una donna... – e intanto scrutava in viso le due ragazze che rimasero impassibili sotto il suo sguardo come statue di pietra. – Chi era di voi due? – chiese con tono suo malgrado severo, quasi fosse un confessore di fronte a un peccatore.

– Che ve ne importa? – interloquí Guilbert. – Evidentemente era una di loro. Altre donne in casa non ce ne sono. Ma diteci, piuttosto, è stato piacevole o molesto?

Hadlaub si fece tutto rosso in viso e balbettò:

– Veramente io avevo molto sonno e avrei preferito dormire, soprattutto la seconda volta, o era la terza?

Tutti scoppiarono a ridere. Rise anche lui, la vittima, e ammise che, sí, la cosa era stata piacevole, oh sí, molto piacevole!

– Ma chi era di voi due? – chiese di nuovo alle ragazze. E di nuovo rispose il cacciatore:

– Che ve ne importa? O l'una o l'altra. La prossima volta cercate di scoprirlo da solo. Ma non è meglio un po' di mistero?

– Sarà, – ammise Hadlaub inzuppando una fetta di pane nella scodella piena di latte bollente. Poi, piú che la curiosità poté il digiuno.

Quando furono pronti per partire, le ragazze riempirono una bisaccia con pane, salsicce, e un pollo arrostito nel camino. I due uomini lo annusarono a lungo prima di chiuderlo nella bisaccia: emanava un profumo delizioso di erbette di montagna, timo, ginepro e altri aromi indefinibili. Quando gli uomini furono a cavallo, le ragazze si avvicinarono e a entrambi scoccarono un bacio su ogni guancia: il poeta si avvide allora che avevano due musetti maliziosi.

Dopo aver cavalcato alquanto in silenzio, Hadlaub disse:

– Guilbert, sto imparando molto da te, tante cose che senza questo viaggio non avrei mai saputo. Vorrei che non mi chiamassi piú «signore» e che mi dessi del tu. D'accordo?

– D'accordo, – rispose il cacciatore e ne fu contento.

8. Verso la capanna dell'eremita

Cavalcarono per boschi e pascoli tutta la mattina, nell'ombra e nel sole, finché venne l'ora di pranzo annunciata da un intenso appetito che s'era andato svegliando nel loro stomaco. Si fermarono in cima a un poggio ridente, seduti su un tronco abbattuto, e trassero il pane e le salsicce dalla scorta di viveri fornita dalle due mogli del mugnaio.

– Lasciamo il pollo per questa sera, – propose Guilbert. – Credo che pernotteremo, se ci arriviamo, nella capanna di un eremita che vive nel bosco e sarà felice di dividerlo con noi. Sai, Hadlaub, è uno strano personaggio, si nutre di frutti selvatici ed erbe. Non mi sembra molto sano...

– Lo farà certo per penitenza.

– Ma che peccati può fare se è sempre solo e non vede mai nessuno? Non mette reti per gli uccelli né trappole per i conigli. Non so neppure se lo troveremo ancora vivo dopo questo inverno cosí lungo e freddo.

– Si può peccare anche col pensiero, col desiderio... – interloquí Hadlaub.

– Ma va là! – esclamò Guilbert addentando un pezzo di salsiccia. – Sarebbe un peccato desiderare pane e salsiccia quando si ha fame? O un po' di fuoco quando si ha freddo?

– Potrebbe desiderare una donna, e per un eremita che dedica la sua vita alla preghiera, sarebbe un peccato mortale.

Guilbert lo guardò a bocca aperta per la meraviglia.

– Ma se non sa nemmeno che esistono, le donne! Sono sicuro che non ne ha mai vista una, non sa proprio come sono fatte... – e riprese a masticare la sua salsiccia. – E poi, – continuò seguendo il filo dei suoi pensieri, – a desiderare, anche con passione, che male c'è? Non si fa danno a nessuno.

– Ma il Decalogo proibisce anche il desiderio, in certi casi.

– Che cos'è il Decalogo?

– Lasciamo perdere, Guilbert, sarebbe un discorso troppo lungo. Godiamoci in pace lo spuntino e questo panorama, splendido con tanto sole!

– Vedo che cominci a capire quanto è bello il mondo. Bravo, Hadlaub!

– E soffro già meno a stare in sella. Sono pronto a ripartire quando tu riterrai opportuno.

– Ripartiremo, ripartiremo... non dubitare. Avremo modo di saziarci di cavalcare e cavalcature. È il primo tuo viaggio, questo?

– Sono venuto dal monastero di Einsiedeln fino alla casa dei signori Manesse, ma a piedi. Ho imparato dopo a montare a cavallo per accompagnare il padrone nei suoi viaggi d'affari, sempre molto brevi.

– Sicché i buoni monaci non ti hanno dato neppure una mula per venire a Zurigo?

– No. E poi chi l'avrebbe riportata indietro?

– Io. C'ero apposta. L'ho fatto altre volte. Partivo col mio cavallo, tirandomi dietro l'altra bestia. Il fatto è che sono degli spilorci.

– Non è vero! Sono molto poveri. Pensa che mangiano sempre cavoli e rape e bevono solo acqua.

– Anche i priori e gli abati? Non posso crederci. Quelli si trattano bene. Si dice che si godano la vita con tutti i sensi.

– Menzogne! Maldicenze! Io ho vissuto con loro tanto tempo, sono entrato in monastero quando avevo otto anni ed ero rimasto orfano, loro mi hanno accolto, nutrito e istruito. E nessuno pagava per il mio mantenimento.

– Sí, a rape e cavoli e bacchettate sulle dita.

– Sarà, ma intanto ho imparato a leggere e scrivere, e anche il latino. Certo avevo sempre fame e freddo, quello sí, ma tutti i novizi soffrivano come me, soprattutto durante le funzioni in chiesa, che era sempre gelida, anche d'estate. Per fortuna il signor Manesse mi ha preso come scrivano e mi ha accolto in casa sua.

– E allora hai imparato finalmente che cosa significa aver la pancia piena.

– Come sei volgare, Guilbert!

– E forse non solo quello, – aggiunse il cacciatore ridendo. – Su, Hadlaub, è ora di rimetterci in cammino. Il sole si avvia al tramonto e dovremmo arrivare alla capanna dell'eremita prima di notte. Non sono sicuro di trovarla col buio.

Montarono a cavallo e partirono di buon trotto. Verso l'imbrunire entrarono in un folto di querce, ancora ammantate di foglie secche nella loro veste invernale, mentre altre piante, faggi, ontani e larici, già mettevano i primi germogli.

– Le querce sono le piante piú pigre, – osservò Guilbert. – Non si sono ancora spogliate delle foglie secche, chissà, forse per non patire il freddo. Credi che anche gli alberi soffrano d'inverno?

– La natura deve aver provveduto a loro in qualche altra maniera, altrimenti non si moltiplicherebbero quando viene la bella stagione.

– La natura? Non il buon Dio? – chiese il cacciatore ironico.

Hadlaub non rispose alla provocazione. Erano giunti intanto a una radura, nel mezzo della quale sorgeva una capanna di tronchi e frasche. S'era già fatto buio, ma dalla porta semiaperta usciva il debole chiarore di un lumino a olio. L'abitante di quel ricovero, sentendo scalpitio di cavalli, s'era affacciato all'uscio e, riconoscendo Guilbert, gli era venuto incontro tutto festoso. Anche al suo compagno fece buona accoglienza e chiese notizie del loro viaggio.

9. L'eremita Zaccaria

L'interno della capanna era un accogliente spazio con le pareti di legno e il tetto di paglia a piú strati. Un piccolo braciere in pietra riscaldava l'ambiente, sommariamente arredato con un letticciolo, un tavolo e una panca. Chiuso l'uscio, il locale si riscaldò rapidamente e i due ospiti poterono liberarsi del mantello e degli stivali.

Hadlaub, mentre gli altri parlavano tra loro come vecchi amici, ebbe modo di osservare l'eremita. Era un uomo di mezz'età, calvo ma con una barba nera che in qualche modo doveva accorciarsi ogni tanto, perché non superava la base del collo. Vestiva un vecchio saio sdrucito, ma attraverso gli strappi s'intravedeva una tunica di lana greggia pesante e in ottime condizioni.

Il giovane non aveva mai visto un eremita, perché nel monastero in cui era stato allevato tali personaggi non erano ben accetti. Ma nella sua immaginazione se li era figurati diversi, vecchietti magri e tremolanti su gambe stecchite, con una lunga barba bianca, consumati dai digiuni. Questo era tutt'altro. Non aveva l'aria di passare giorni e notti in preghiera e penitenza. L'unica cosa che rivelava in lui l'uomo di fede era una croce di legno appesa al collo con una cordicella, in modo che pendesse sul petto. Era sufficiente quella croce per fare di lui un uomo di fede?

Hadlaub si stava ponendo questa domanda, quando l'eremita si rivolse a lui fissandolo con uno sguardo degli occhi scuri che lo mise a disagio.

– Il giovane signore viaggia dunque per incarico del suo padrone, il famoso mercante di Zurigo?

L'interpellato si riscosse dai suoi pensieri e rispose:

– Sí, padre. Scusatemi, come debbo chiamarvi?

– Chiamatemi Zaccaria. Il nostro comune amico si è dimenticato di presentarci. E voi, come vi chiamate?

– Hadlaub, e sono scrivano presso il signor Manesse. Viaggio per raccogliere certi scritti che a lui interessano molto.

Non volle dire altro per innata prudenza, ma anche perché a quell'uomo non doveva importare nulla delle poesie d'amore.

Intanto Guilbert aveva tratto dalla bisaccia il pollo arrosto e altre provviste, e le stava disponendo sulla tavola insieme all'orciolo della birra, quando l'eremita lo fermò con un gesto:

– Non sia mai detto che io non possa offrire una cena a degli amici, – disse aprendo uno stipo nascosto nella parete di legno dalla parte di settentrione, sí che ne venne un soffio di aria fredda: un luogo adatto per conservarvi le provviste anche in piena estate. Ne trasse una fila di salsicce e un lacerto di carne secca.

– Questa, – disse tenendola in mano per mostrarla agli ospiti, – è una parte del maiale selvatico che ho ucciso con una freccia del mio arco. Avete visto quelle querce dietro la casa? In autunno, quando cadono le ghiande, i maiali vengono a pascolare là sotto, e io faccio provviste per l'inverno. Veramente non so se questo fosse proprio selvatico, non ho avuto modo di chiederglielo, – concluse con una gran risata che mise in mostra una chiostra di denti bianchissimi. Guilbert rise con lui, mentre il suo giovane compagno era sempre piú stupito: era quello l'uomo che si cibava solo di radici e bacche selvatiche?

L'eremita con un affilatissimo coltello tagliò alcune fette di quella carne salata e fatta seccare, e le offrí agli ospiti. Hadlaub l'assaggiò con riluttanza, ma dovette convincersi che era eccellente. Si trovò tra le mani l'orcio della birra, e bevve, per ritornare subito dopo alla sua fetta di maiale salato.

Incominciò cosí un lauto banchetto che, escludendo le salsicce, privilegiò il pollo arrosto e il maiale salato, il tutto abbondantemente innaffiato da birra forte e schiumosa, che lasciò una traccia bianca sui baffi neri dell'eremita.

– Vi avrei offerto volentieri del vino, – disse questi, – ma ne sono rimasto privo. Per fortuna le strade cominciano a essere sgombre dalla neve e presto i miei fedeli sostentatori torneranno a farmi visita. Anche il pane è un po' duro, come avrete potuto constatare, infatti è della settimana scorsa.

– Avete dei fedeli che vengono fin quassú a portarvi le provviste? – chiese ingenuamente il poeta.

– Certo. Altrimenti come farei a sopravvivere?

– Giusto, giusto, – ammise Hadlaub arrossendo della sua inopportuna domanda e della sua ingenuità.

Abbassò gli occhi confuso e non si accorse dello strano sorriso, o forse ghigno, con cui lo guardava l'eremita. Continuò a mangiare e bere con i due compagni, finché la stanchezza li costrinse a cercare un giaciglio. L'eremita mise per gli ospiti uno spesso strato di paglia ben asciutta sul pavimento di terra battuta e si coricò sul suo letticciolo. Stanchi per la cavalcata, i due viaggiatori non tardarono ad addormentarsi. Zaccaria stava con gli occhi aperti, attento a ogni segno di vita.

10. Aggressione notturna

Hadlaub sognava. Sognava che una bocca morbida e dolce si posava sulla sua in un bacio lascivo e pur appassionato. Ma a un tratto gli parve che la bocca baciante morbida non fosse, anzi pungente, e sulla guancia si posasse qualcosa come un'ispida barba, in modo del tutto inappropriato. Cercò con le mani e trovò un pelo folto e duro. Ancora prigioniero del sogno tastò il corpo che gli stava sopra, e di colpo il sogno svaní. Era un uomo, vestito solo dei panni da gamba. Urlò:

– Chi è là? Aiuto, Guilbert, aiuto!

E intanto cercava di sgusciare di sotto il peso di quel corpo che lo premeva. Ci riuscí, balzò in piedi sul freddo pavimento di terra battuta. Nel buio gli parve di scorgere una massa indistinta che si levava dal suo giaciglio, intuí che era l'eremita, il quale infatti recuperò il suo letticciolo veloce come una lepre. Ma il grido di Hadlaub aveva svegliato il buon Guilbert dal suo sonno senza sogni, e ora il cacciatore chiedeva a gran voce:

– Che cosa succede? Perdio, chi ha gridato?

Nel buio profondo si levò la voce mansueta dell'eremita:

– Dev'essere il tuo amico, Guilbert, che ha fatto un brutto sogno.

– Non era un sogno, – esclamò agitatissimo Hadlaub, –

c'era un uomo nel mio letto, ho sentito una barba pungermi la faccia!

– Se era un sogno, cerca di riaddormentarti, – cercò di calmarlo il cacciatore. – Ma dove sei?

Aveva allungato una mano e aveva sentito il vuoto nel giaciglio accanto al suo. Agitò le mani nel buio, non incontrò nulla, capí che il suo amico stava in piedi tremante di freddo nel suo mantello.

– Torna a letto, Hadlaub, sarà stato veramente un brutto sogno come dice padre Zaccaria.

– Non era un sogno, ho proprio sentito una barba dura...

– Forse era un incubo, figliolo, – ammoniva dal suo letto l'eremita con voce suadente. – Dovete sapere che quando uno è molto stanco per aver compiuto fatiche fuor dell'ordinario, spesso è turbato nel sonno da sensazioni soprannaturali, come sono appunto gli incubi.

– Non era una sensazione soprannaturale, – brontolava Hadlaub mentre, incalzato dal freddo, recuperava il suo letto di paglia e ci si avvolgeva dentro.

Rimase sveglio a lungo cercando di capire se qualcosa si muovesse nel buio, o qualcuno, e riuscí a riprender sonno solo quando sentí un sonoro russare provenire dal letto dell'eremita. Piú lieve, vicino a sé, udiva il respiro regolare del compagno, che calmò il suo animo e lo indusse al riposo.

11. Verso il monastero di San Gallo

– Non è stato un incubo, Guilbert, – diceva il poeta al cacciatore mentre nella fredda mattina cavalcavano affiancati. – Era lui, Zaccaria, che era venuto nel mio letto e voleva...

Erano partiti prima dell'alba, dopo saluti frettolosi e imbarazzati, almeno da parte dei due viaggiatori. L'eremita aveva mostrato loro la via piú breve per il monastero di San Gallo, e mentre i partenti montavano a cavallo, agitando la mano destra in segno di commiato, aveva esclamato con aria sarcastica:

– E cercate di non spaventare quei buoni monaci con i vostri incubi!

Nessuno aveva risposto a quel saluto.

– Non era un incubo, – ripeteva Hadlaub ancora agitato dall'avventura della notte, – e neppure un sogno.

– Lo so, amico mio, – cercava di confortarlo il cacciatore. – E mi sento colpevole per non averti avvertito delle abitudini di Zaccaria. A lui non piacciono le donne...

– Ma è un peccato mortale! – gridò il giovane. – In convento mi hanno sempre messo in guardia da questo genere di peccati contro natura! È sodomia!

– E il convento è proprio il luogo dove si commettono piú spesso! Per forza, sono tutti uomini.

– Io non ho mai sentito raccontare di queste storie.

– Già. Volevi che venissero a raccontarle proprio a te? Con quella faccia da santarellino che hai? Quelle cose, chi le fa, le tiene nascoste, soprattutto nei conventi. Del resto, per loro anche andare con una donna è un «peccato della carne», persino provar piacere con la propria moglie... Lo sai, vero?

– L'ho sentito nelle prediche. Però non è chiaro. È scritto che il matrimonio è «remedium concupiscentiae», quindi non dovrebbe escludere il piacere.

– Che cosa hai detto? Parole straniere non ne comprendo.

– Niente, niente, parlavo tra di me. Quell'eremita piuttosto, Zaccaria, perché ha aggredito proprio me stanotte, e non te?

– Perché mi conosce da tempo e sa che a me piacciono le donne e non gli uomini. Lui invece è, come dite voi? Sodo...

– Sodomita. È il termine corretto per indicare quei peccatori.

– Sei sicuro che siano peccatori, Hadlaub?

– Certo. E si tratta di peccato mortale.

– Questo però lo dicono loro, i preti.

– Lo dice anche la legge. Infatti i sodomiti vengono puniti col carcere.

– Sarà. Però se non fanno male a nessuno, se non sforzano gli altri, se non dànno scandalo, soprattutto ai bambini... quando fanno l'amore tra di loro, non capisco perché debbano essere puniti.

– La legge dice cosí. Comunque, che cosa posso aver fatto, o detto, perché lui si convincesse di poter trarre piacere da me come da una donna?

– Il tuo aspetto, Hadlaub, la tua giovinezza. Ti sei mai guardato in uno specchio? Hai un volto da fanciulla, sei biondo e roseo come una ragazza. I suoi amici, i suoi fedeli, come li chiama lui, quelli che vanno a trovarlo e gli forniscono cibo e vino, somigliano un po' a lui, tutti pieni di peli ispidi, forse pure calvi... non so, perché non ne ho mai visto nessuno. Se si accorgono che c'è qualcuno nella capanna girano al largo. Credo che lui metta un segnale alla porta quando non è solo. Devono stare molto attenti a non farsi sorprendere.

– Per questo vive in una capanna nel bosco e si finge eremita?

– Era monaco in un monastero, non so quale. È fuggito perché è stato tradito da qualcuno, e ora deve vivere nascosto. Ma non è cattivo. Forse non sarebbe diventato sod... be' la parola giusta la sai tu, se non lo avessero messo in convento da bambino, perché era orfano e nessuno voleva incaricarsi del suo mantenimento.

– Ho capito: una specie di «oblato». Forse non ha nemmeno conosciuto i suoi genitori. Io invece li ho conosciuti, e li ricordo ancora. I monaci di Einsiedeln mi hanno accolto, hanno confortato la mia solitudine e mi hanno fatto studiare con i figli dei signori, che pagavano per stare nello studio con i novizi.

– E terminati gli studi, che facevano, quei ragazzi?

– Compiuti i diciotto anni alcuni tornavano in famiglia, ma altri non venivano ripresi in casa, per motivi ereditari, quindi erano costretti a diventare monaci. Molti, che non sopportavano la disciplina del monastero, fuggivano. Si mormorava che diventassero briganti.

– Ah, i briganti! Speriamo di non incontrarne!

– Adesso pare che siano diminuiti, perché in gran parte si son fatti crociati e sono andati a combattere in Terrasanta.

– Crociati? Sarà proprio vero?

– Alcuni, forse molti, hanno cambiato vita in seguito alle predicazioni dei monaci cistercensi seguaci di Bernardo di Chiaravalle. Da briganti, forse anche assassini talvolta, si sono fatti cavalieri di Cristo e hanno messo la loro spada al servizio della fede per strappare i luoghi santi agli infedeli musulmani, e conquistarsi una corona di gloria al fianco del Padre Eterno.

– Io ho sentito dire soprattutto che volevano conquistarsi un feudo a spese di quella gente al di là del mare, o un pezzo di terra. Ho visto molti tornare carichi di bottino prezioso, oro e gioie che vendono nei nostri mercati, con i miei occhi li ho visti. Si vantavano di come li avevano ottenuti sgozzando i legittimi proprietari. E si dice in giro che facendosi crociati, ottengono il perdono della legge e della Chiesa per tutti i delitti commessi.

– È giusto, Guilbert. La veste che li ricopre col simbolo della croce fa di loro degli uomini nuovi, è come un secondo battesimo.

– Che li assolve anche dai debiti contratti con altri cristiani, come me. Io, per esempio, avevo prestato a un amico del denaro perché voleva comprarsi un campo da coltivare: mi aveva giurato che col primo raccolto mi avrebbe restituito una parte dei miei soldi, col secondo intendeva saldare il debito. Sono passati cinque anni, il campo che voleva comprare è sempre là, nessuno l'ha comprato, è tutto incolto e pieno di sterpi, e l'amico è sparito. Pochi mesi fa ho saputo da altri che si è fatto crociato ed è partito per la Terrasanta. L'avevo già denunciato al balivo, ma mi hanno detto che la mia denuncia non vale niente perché i debiti gli sono stati condonati.

– È la legge, amico mio, non puoi farci niente.

– Sarà, ma se quello era ladro e truffatore, ladro e truffatore resta, anche sotto il mantello bianco con la croce. Forse diventa anche peggiore, perché adesso ha in mano una spada invece che un pugnale, e si sente in diritto di rubare e uccidere. E quello che ha fatto laggiú, oltre il mare, noi non lo sappiamo e non lo sapremo mai.

– Guilbert, non essere troppo pessimista. Tu sei stato truffato e hai ragione di lamentarti. Ma non sono tutti malvagi, i crociati. Tra loro ci sono gran signori che hanno lasciato castelli, ricchezze e famiglia per un nobile ideale.

– Può darsi che ci sia qualcuno come dici tu, tra i grandi condottieri che vogliono acquistarsi fama agli occhi del mondo. Ma quello che non mi convince è che si vada a far guerra a gente che se ne sta tranquilla e in pace. E portargli via la roba, se non la terra e la vita. Ma lasciamo questo discorso, Hadlaub, che ci fa solo male. Il tramonto è prossimo, dobbiamo affrettarci se vogliamo arrivare a San Gallo prima di notte.

– Forse mi sbaglio, però mi par di vedere torri e mura levarsi su quell'altura di fronte.

– Hai ragione! Non possono essere che le torri del monastero. Ma non sono vicine, dobbiamo ancora superare questo vallone che ci sta davanti. Avremo presto alloggio e cibo in abbondanza. Evviva San Gallo! – gridò il cacciatore pieno di entusiasmo.

Ma a quel punto il cavallo di Guilbert scivolò su una pietra che il freddo della sera aveva ricoperto di un sottile strato di ghiaccio, diede uno scarto e sbalzò di sella il cavaliere distratto. Guilbert cadde, batté malamente la testa sulla roccia e rimase intontito. Hadlaub provò a rialzarlo chiamandolo per nome e scuotendolo. Ma ogni tentativo di richiamarlo alla realtà fu vano: il cacciatore aveva perso i sensi. Il suo amico cercò di sollevarlo e porlo sul dorso del cavallo, ma dovette arrendersi, perché il corpo inerte era troppo pesante. In un impeto di folle disperazione si mise a urlare a gran voce:

– Aiuto! Aiuto! Il mio compagno è caduto da cavallo ed è ferito!

Gridava con quanto fiato aveva, ma senza speranza che qualcuno lo udisse.

12. Ingresso in San Gallo

Lo udirono invece due fraticelli che tornavano al convento dopo la questua presso i contadini dei dintorni. Tornavano a piedi, tirandosi dietro un mulo carico del frutto raccolto: grano, orzo, noci per l'olio, verdure, tra le quali prevalevano cavoli e rape. Quella di fine inverno era una questua povera, come povere erano le scorte dei contadini. E la terra cominciava appena a sgelarsi, lí, tra quelle montagne.

Udirono le grida di aiuto e accorsero dove Hadlaub stava piangendo su quello che credeva il cadavere del suo compagno di viaggio.

– Non è morto, – disse uno dei fraticelli dopo aver posato delicatamente la mano sulla gola dell'infortunato. – È svenuto perché deve aver picchiato la testa sulle pietre del sentiero. Vediamo se tra tutti riusciamo a caricarlo sul suo cavallo per raggiungere il convento.

Ci riuscirono, grazie alla mole massiccia di uno dei due religiosi, quasi un gigante, che accompagnava sempre il confratello incaricato della questua per scoraggiare eventuali aggressori. Non era raro infatti che i briganti uscissero dalla foresta per derubare i monaci della loro raccolta, soprattutto alla fine dell'inverno quando le scorte si esaurivano e la fame si faceva sentire un po' ovunque, persino nei conventi e in qualche castello.

Superarono cosí il vallone che isolava il monastero e giunsero al portone nel muro di cinta, già chiuso per l'ora tarda. Ma i monaci usciti per la questua erano attesi, e il portone fu subito aperto.

Guilbert venne portato nell'infermeria, dove un vecchio frate si prese cura di lui. Dopo avergli tastato il polso e aver sentito scorrere il sangue, scelse da uno scaffale una fiala contenente un liquido giallognolo:

– Cercate di aprirgli la bocca, – disse ai tre che lo avevano accompagnato e ora stavano muti in attesa.

Gli disserrarono i denti con molta fatica, perché Guilbert era irrigidito per effetto della caduta, e il vecchio gli versò alcune gocce del liquido in gola.

– È un distillato di erbe medicinali fermentate, – annunciò mentre il giovane cominciava a reagire alla bevanda con colpi di tosse secchi, e il viso, prima cereo, riprendeva a poco a poco il suo naturale colore.

– Vedete, si rianima, – annunciò il monaco al suo pubblico. – Ora sollevategli la testa perché possa vedere se è ferito, benché non veda tracce di sangue da nessuna parte.

Dopo aver constatato che non c'erano ferite né alla testa né altrove, con il medesimo liquido gli frizionò energicamente le mani, i piedi e il petto. Questa cura ebbe l'effetto prodigioso di ridestare Guilbert alla vita. Alzò il capo e chiese:

– Dove sono? – Poi, visti intorno a sé i tre monaci e Hadlaub, capí di essere giunto in stato d'incoscienza al monastero, ed esclamò: – Che ingresso meschino! Non mi sono accorto di nulla!

– Eravate svenuto per la caduta da cavallo, – disse il monaco erborista. – Il mio distillato di erbe aromatiche vi ha richiamato in vita.

– È quel liquore forte che mi avete versato in gola? Buono! Potrei averne ancora un goccio?

Il vecchio monaco rise e, versandogli in bocca un buon sorso dalla fiala, ammoní:

– Figliolo, questo è un medicamento, anche se io ho cercato di renderlo gradevole aggiungendoci miele sciolto. Non bisogna abusarne, perché potrebbe fare molto male. È pericoloso.

Guilbert ringraziò mentre assaporava il dolce liquore d'erbe, e s'addormentò placido come un fanciullo. Lo lasciarono alle cure del frate erborista e gli altri si recarono in refettorio per la cena.

13. Un cacciatore in monastero

Hadlaub era stato annunciato all'abate e, dopo aver lasciato il refettorio, si recò da lui e gli consegnò la lettera sigillata del mercante zurighese. Dopo averla letta, il vecchio monaco, che si distingueva dagli altri per l'aria dignitosa e solenne e per l'alta severa figura, considerò a lungo il giovane, poi con un lieve sorriso disse:

– Ho saputo che avete avuto un incidente salendo al monastero. Come sta il vostro compagno di viaggio?

– Sta meglio, padre, ha ripreso i sensi grazie a quel liquore mirabile che gli ha fatto bere il frate erborista.

L'abate rise apertamente:

– Conosco gli effetti di quel distillato, e lo conoscono anche alcuni tra i miei confratelli piú anziani che, con la scusa di scaldarsi le ossa, ne bevono piú del necessario e diventano allegri fuor di misura. Bisogna che raccomandi a padre Ilario di tenerlo sotto chiave.

Hadlaub aveva notato infatti alcuni gruppetti di monaci canuti che ridacchiavano tra loro, ma non aveva voluto fare domande. Aveva pensato che si burlassero dell'ingresso di Guilbert steso di traverso sul suo cavallo, un arrivo tutt'altro che dignitoso per un giovane cacciatore. Quel ricordo svaní di fronte all'aria seria che a un tratto aveva assunto il volto dell'abate:

– Conoscete il contenuto di questa lettera, giovane Hadlaub?

– Credo di sapere, perché il mio signore me l'ha detto, che vi chiede il favore di permettermi di accedere alla vostra biblioteca, famosa in tutta la regione per la sua ricchezza, affinché io possa copiare alcuni manoscritti.

– Siete anche a conoscenza dell'uso che il signor Manesse vuole fare di tali copie?

– Sí. Vuole farne un grande codice in cui raccogliere le poesie d'amore di questo secolo e del precedente che vanno sotto il nome di «Minnesang», e che sono sparse per castelli e monasteri. Vorrebbe anche, per ogni autore, e alcuni sono nobili signori, principi e persino re, far dipingere una pagina miniata con l'immagine del poeta e le sue insegne gentilizie.

– È un nobile intento... Noi tuttavia non abbiamo mai finora concesso questo favore a nessuno, né forse ci è mai stato chiesto. D'altra parte conosco il vostro signore e ne ho grande stima. Non v'impedirò di accedere a quei preziosi manoscritti. Ma voi siete in grado di copiarli esattamente, in modo chiaro e corretto?

– Credo di sí, padre. Sono stato istruito nel convento di Einsiedeln, e sono io stesso compositore. Mettetemi alla prova e giudicatemi voi.

Fu cosí che il mattino seguente, dopo le funzioni dell'alba, Hadlaub, accompagnato dall'abate e dal monaco bibliotecario, fu introdotto nel vasto «scriptorium» del monastero di San Gallo, fatto sedere in uno scanno e messo di fronte a un manoscritto in cui riconobbe un salmo di Davide. Non volevano rischiare di mettergli in mano un componimento che fosse, già allora, unico al mondo.

Vide le teste degli altri scrivani volgersi verso di lui, curiose, ma ignorò tutti. Appena fu lasciato solo, affilò una penna d'oca scelta tra quelle messe a sua disposizione e cominciò a copiare il salmo miniando la prima lettera della pagina, esattamente com'era nell'originale. Poi continuò con curve ampie ed eleganti a trascrivere il testo latino. Lavorò cosí fin quando suonò la campanella del mezzogiorno. Allora la porta dello scrittorio fu aperta ed entrò l'abate in persona. Esaminò la pagina di Hadlaub e non poté trattenere un sorriso di compiacimento:

– Molto bene, – disse, – domani vi affideremo il primo manoscritto delle poesie che interessano il signor Manesse. Nel pomeriggio siete libero di fare quello che volete in compagnia del vostro amico cacciatore o dei novizi dello scrittorio.

Hadlaub cercò invano Guilbert nel refettorio. Appena finito il pranzo, andò a cercarlo nell'infermeria, e lo trovò tutto immusonito, seduto sul suo lettuccio. L'infermo s'illuminò di un pallido sorriso vedendolo e subito gli chiese:

– Che cosa vi hanno dato per pranzo?

– Una zuppa di verdure e ceci, niente di speciale.

– A me invece solo una zuppetta di verdure galleggianti in brodo di cipolle, uno schifo. Ho rimpianto tanto quella densa, profumata delle mogli del mugnaio. Che capolavoro di sapori!

– Dobbiamo scordarcela, almeno fin che siamo qui. Nei monasteri si mangia sempre pane e zuppa. Forse la domenica ci sarà un po' di carne. Non ti hanno permesso di alzarti e venire in refettorio?

– No. Mi hanno detto che se non mi viene la febbre domani potrò alzarmi. Ma si deve stare in silenzio durante il pranzo? A me piace chiacchierare mentre mangio.

– È la regola, Guilbert. E bisogna anche stare attenti a non fare rumore con scodelle e cucchiai, perché mentre si mangia uno dei fratelli legge qualche pagina dalle vite dei santi.

– Oh, no! Magari in latino? Sarà una noia orribile!

– Il latino è d'obbligo. La regola benedettina impone che nei monasteri si legga, si scriva e si parli in latino.

– Ma non vorranno mica che anch'io...

– Stai tranquillo! Ti hanno forse parlato in latino i monaci che ti hanno accolto e curato? E io ho forse parlato in latino? Tu poi non sei neppure un monaco. E nemmeno io: mentre ero nello scrittorio stamattina vedevo gli altri, quasi tutti giovani come me, vestiti del saio, e mi si stringeva il cuore pensando... Meno male che io avevo il mio farsetto e le brache! E sapessi che freddo faceva! Avevo le dita tanto gelate che non riuscivo a fare bene le curve. Però al padre abate la mia pagina è piaciuta molto. Domani mattina comincerò il lavoro di trascrizione. Quella di stamattina era una prova, una specie di esame.

– Sono contento per te. Ma io come passerò il tempo mentre tu lavori?

– Andrai a spasso per il giardino e l'orto, al sole, vedrai che sarà bello. Ho visto piante che cominciano a germogliare, anche qualche fiore. Adesso scusami, ho proprio bisogno di sgranchirmi le gambe. Domani potremo passare il pomeriggio insieme.

Tutto accadde come Hadlaub aveva previsto. La mattinata era bella, e presto il sole venne a scaldare l'aria pungente del mattino. Lo scrivano sedeva al suo banco nello scrittorio fin dalla prima luce sufficiente per scrivere, e Guilbert fu lasciato libero di muoversi entro le mura, tra giardino e orto.

Il giardino era limitato al chiostro, circondato sui quattro lati da un portico che aveva il compito di riparare affreschi e monaci durante le piogge estive. Guilbert lo ispezionò accuratamente, pianta per pianta, cespuglio per cespuglio. Quasi tutti di rose, ancora spogli di boccioli, ispidi e tristi. Avvolto a una colonna c'era un caprifoglio già verde per la posizione riparata. Sorrise vedendo che le foglioline nuove erano spuntate tutte verso l'interno:

– Tu sei come me, – gli disse ridendo, – ti piace il calore e ti piacerebbe ancora di piú un caldo abbraccio.

– Verrà il caldo abbraccio, quando il sole sarà cosí forte da scaldare la pietra della colonna –. Chi aveva parlato era un monaco alto e magro, austero malgrado il sorriso che addolciva il suo volto. Guilbert non s'era accorto del suo silenzioso avvicinarsi.

– Padre, non vi avevo visto. Scusatemi, parlavo con me stesso... – si confuse il giovane.

– Voi siete il cacciatore che accompagna il poeta, immagino, quello che si è infortunato poco prima di giungere al nostro monastero. Io sono l'abate.

Guilbert, sempre piú confuso, tentò una genuflessione di fronte all'autorità del gran vecchio che gli stava innanzi, il quale lo fece rialzare con un gesto della mano.

– Come state ora? – gli chiese gentilmente.

– Bene, padre. E per questo mi hanno dato il permesso di passeggiare nel vostro giardino.

– Questo giardino non è mio, figliolo, ma di tutti quelli che vivono nel monastero, e che amano i fiori o desiderano ritirarsi in meditazione all'aria aperta. È quasi primavera, tra qualche settimana sarà tutto fiorito.

– Sí, padre. Ho notato le prime violette tra le foglie secche dell'autunno scorso.

– Vedo che non vi sfugge niente. Bravo, figliolo. Chi ama la natura ama Dio. Ora debbo andare perché ho anch'io i miei compiti. Sono sceso nel chiostro per conoscervi. Siate il benvenuto –. E con passo energico e veloce se ne andò.

Guilbert rimase piú perplesso che mai. Era dunque una persona tanto importante da scomodare l'abate di un grande convento? O forse l'abate agiva cosí con tutti? Per semplice cortesia, o per controllare chi soggiornava nella sua casa?

Cosí meditando aveva compiuto tutto il giro del chiostro e visto tutto quel che c'era da vedere. Decise di passare nell'orto con la speranza che fosse un po' meno solitario. Infatti scorse subito in lontananza due fraticelli chini sulle aiole tra tenere piantine appena spuntate dalla terra scura, umida e ben concimata. Allungò il passo e raggiunse i due monaci ortolani.

– Buongiorno, fratelli, – disse gaiamente. – Che cosa state coltivando?

– Trapiantiamo cavoli, fratello, perché diventino belli grossi e carnosi con le piogge di primavera. In aprile o maggio, se la stagione è buona, ne avremo in abbondanza.

– Credevo che i cavoli si piantassero alla fine dell'estate perché maturassero nel primo inverno, – obiettò Guilbert.

– In pianura, figliolo, in pianura. Ma qui tra le montagne in autunno il terreno è già indurito dal gelo e solo adesso si può cominciare a lavorarlo. Alla fine dell'estate, prima che diventi rigido per il freddo, zappiamo bene e mettiamo nelle zolle tutti gli scarti delle verdure estive, che prepariamo per la conservazione invernale, insieme a scaglie di abete e larice cadute dal ceppo dove si spacca la legna. Con le ultime giornate di sole gli scarti di verdura cominciano a fermentare, si mescolano alle scaglie di legno che hanno la funzione di tenere il terreno morbido, finché arriva il gelo e nell'orto non si può fare piú niente.

– Allora voi ortolani vi riposate dalle fatiche della bella stagione.

– Oh no, fratello. Noi siamo incaricati di spaccare la legna per l'inverno, insieme ad altri monaci. Sapeste quanta legna bruciano i nostri camini! Ora cominciamo a tenerne spenti alcuni, nello scrittorio per esempio, dove il calore non deve essere mai troppo per non rovinare i libri della nostra biblioteca, che è una delle piú ricche dell'Occidente, come forse già sapete.

– Lí infatti lavora il mio compagno di viaggio e dice che ha sempre le dita gelate.

– Lo immagino, povero ragazzo! Ditegli che ogni tanto si stropicci forte le mani. Il sole adesso comincia a riscaldare anche lo scrittorio...

Mentre dava queste spiegazioni al giovane, il frate ortolano continuava il suo lavoro di trapianto, raddrizzandosi solo ogni tanto per distendere la schiena indolenzita. L'altro, piú giovane e snello, procedeva silenzioso nella sua opera.

– Se avete una zappa per me, vi aiuto, – disse Guilbert, – cosí mi scaldo un po' col movimento.

– Avete mai fatto questo lavoro? – s'informò il monaco.

– Veramente no. Di mestiere sono cacciatore... ma non mi sembra difficile. Ditemi che cosa posso fare.

– Vedete piú avanti quelle aiuole dalle quali spuntano i germogli sottili come fili d'erba? Quelle sono cipolle trapiantate la settimana scorsa. Ora vi darò una zappetta con la quale dovreste smuovere la terra intorno a ogni germoglio, cosí la rugiada della notte penetra nel terreno e lo tiene umido quanto basta.

Cosí dicendo era entrato in una capanna a fianco dell'orto e ne era uscito con un arnese minuscolo infilato verticalmente in un manico di legno, poi si era avviato alle aiuole delle cipolle.

– Ecco, vedete, – disse smuovendo delicatamente il suolo attorno a uno di quei fili verdi, – fate come me, senza toccare il bulbo che si sta formando alla base di ogni filo. Con molta delicatezza, come fosse una perla.

Gli mise in mano la zappetta e Guilbert cominciò il suo lavoro sotto gli occhi del maestro che ne parve soddisfatto.

– Bene, figliolo, continuate cosí. Poi chissà che non vi mandiamo qualche volta a cacciare una lepre. Le lepri danneggiano l'orto. Ne parlerò all'abate. Abbiamo un cuoco maestro nel cucinare la selvaggina. Penso che sarà molto contento di aver per le mani una lepre.

E tornò ai suoi cavoli, lasciando Guilbert in mezzo ai germogli di cipolla. Non era un lavoro pesante e i suoi muscoli intorpiditi si scaldarono presto col movimento delle braccia. Il sole saliva lentamente nel cielo sereno e cominciava a farsi sentire sulle mani e sulle spalle dell'improvvisato ortolano. Non era affatto un brutto lavoro, pensava Guilbert rompendo con la punta dell'attrezzo le zolle indurite alla base dei germogli, e già gli pareva di amare quei fili verdi e la piccola «perla» che li aveva generati. Zappava cosí da qualche tempo quando udí la campanella del mezzogiorno, e vide che a quel suono i suoi compagni drizzavano la schiena, riponevano gli attrezzi e gli facevano cenno di unirsi a loro.

– È la campana del refettorio, – disse quello che lo aveva istruito. – Si va a mangiare. Ma non vi ho chiesto come vi chiamate. Io sono frate Michele e questo mio compagno che parla poco è Lorenzo.

– Mi chiamo Guilbert, – rispose l'interpellato, osservando stupito il viso dell'altro.

Evidentemente s'era tenuto celato di proposito: un volto devastato dal vaiolo, che sotto il danno apportato dalla malattia rivelava lineamenti regolari e, un tempo, belli.

– Lorenzo, – spiegò il vecchio, – è venuto tra noi al tempo dell'epidemia di vaiolo, che ha fatto molte vittime qualche anno fa. Lo abbiamo curato e salvato, e una volta guarito è rimasto con noi.

– Che altro potevo fare? Non ho piú nessuno al mondo, e con questa faccia... – Era Lorenzo che parlava, e la sua voce era limpida e bella.

– Sapete montare a cavallo? – gli chiese Guilbert all'improvviso.

– Sí. Andavo a cavallo con gli amici prima della disgrazia. Ora sono tutti morti, e io sono rimasto cosí...

– Bene, se l'abate mi concederà di andare a caccia, verrete con me, se volete. Io dispongo del mio cavallo e di quello del mio amico scrivano. Già stamattina li ho strigliati bene tutti e due. Ma avrebbero bisogno di fare un po' di movimento per rimanere in forma. E a me non piace andare a caccia da solo. Chiedete all'abate se non desidera un po' di cacciagione –. Le ultime parole erano rivolte a frate Michele, che gli pareva godere di una certa autorità.

– Guilbert, Guilbert! – La voce era senza dubbio quella di Hadlaub, il quale infatti, uscito dalla porta dello scrittorio, gli correva incontro tutto eccitato, agitando le braccia e saltando tra le aiuole di ortaggi, con grande apprensione del capo ortolano.

– Piano, Hadlaub, guarda dove metti i piedi! – gli gridò Guilbert.

– Mi hanno dato il primo manoscritto da copiare, il poeta piú antico, il caposcuola delle «corti d'amore», il Kürenberger!

– Oh! Complimenti! E chi è costui? – chiese il cacciatore che era un po' ignorante in materia di poesia.

– Non capisci? È l'iniziatore della poesia d'amore, risale a quasi cent'anni fa! È un manoscritto prezioso, forse l'unico di quel poeta! E me l'hanno messo in mano, l'abate stesso me l'ha affidato. Poi è passato a controllare la mia trascrizione e l'ha trovata elegante e corretta. Pensa, senza né una macchia né un errore. Era molto contento, domani mattina me l'affida di nuovo perché proceda nella copiatura. Sono felice perché ho cominciato bene il mio lavoro. E tu? Che cosa hai fatto?

– Ho coltivato cipolle. È un bel lavoro, sai? E forse ho trovato un compagno per andare a caccia. Intanto faccio l'ortolano, aiuto questi fratelli –. E indicava il vecchio e il giovane che erano con lui.

Hadlaub era tanto eccitato che non notò neppure il volto butterato di Lorenzo, li salutò allegramente mentre quelli si presentavano con il loro nome, e disse a sua volta:

– Io mi chiamo Hadlaub e sono scrivano. A proposito, vorrei mandare una lettera al mio padrone, il signor Manesse di Zurigo. So che avete un sistema per comunicare tramite messaggeri di convento in convento.

– Sí, – disse il piú vecchio. – Ma solo per cose importanti e col permesso dell'abate.

– È molto importante per il mio signore sapere che ho cominciato bene il mio lavoro. Quando avrò finito qui a San Gallo, dovremo andare piú lontano, verso oriente, e sarà difficile mandare nostre notizie.

– Avrai molti manoscritti da copiare qui? – s'informò Guilbert animato da un certo interesse.

– Penso di sí. Il padre abate mi ha detto che già i suoi predecessori si preoccupavano di raccogliere quanto veniva scritto qua e là nei castelli anche lontani, per evitare che andasse perduto qualcosa di bello, com'è accaduto per molte opere piú antiche.

Con questi conversari erano giunti nel refettorio, dove già molti monaci avevano preso posto sulle panche. I due amici sedettero vicini, ma Hadlaub, come piú esperto della vita monastica, ricordò a Guilbert che si doveva osservare il silenzio durante il pasto, per ascoltare la lettura che a turno faceva uno dei monaci.

– E che cosa leggono oggi? – chiese sottovoce il cacciatore.

– Vita di sant'Ilario, – mormorò Hadlaub, ma non cosí piano da non riceversi un'occhiata ammonitrice dal priore che sovrintendeva al pranzo.

14. La battuta di caccia

Il mattino in cui Guilbert e Lorenzo partirono per la caccia, prima dell'alba, tutto il monastero era in agitazione. Non per l'ora antelucana, perché i monaci sono abituati ad alzarsi molto presto, ma per l'insolito viavai tra stalle e cortile: i richiami sonori dei servi, il rumore degli zoccoli dei cavalli che venivano fatti correre sul lastricato affinché si scaldassero i muscoli. Finalmente, salutati da tutti, i due cacciatori partirono lietamente nell'aria frizzante di quell'alba di marzo.

Erano felici per l'insperata vacanza, dovuta al fatto che abate e priore, consultatisi in gran segreto, si erano trovati d'accordo nel sentire appetito di carne prima che iniziasse la Quaresima, mentre polli e oche allevati nell'aia cominciavano a scarseggiare, e le galline non si potevano mangiare perché ricominciavano allora a fare le prime uova. E la carne dei maiali uccisi durante l'inverno e debitamente affumicata stava per finire.

– Ci vorrebbe un bel cinghiale, – sfuggí di bocca al priore che era un noto buongustaio.

– Ma che sia un maschio e non una femmina con i cuccioli, – lo corresse l'abate.

– Certo, avvertiamo i cacciatori che non disturbino le femmine.

– Non ce n'è bisogno. Guilbert è cacciatore di professione e sa bene che in questa stagione le femmine devono essere lasciate tranquille. Andrebbero bene anche altri quadrupedi, ma nel cinghiale c'è piú carne. Ce ne sarebbe per tutti, pensate, fratello, che bel pranzo domenica per il monastero!

– Certo, certo. Mastro Tripp è insuperabile nel cucinare il cinghiale in umido, con tante erbette profumate e le bacche di ginepro. E poi i cinghiali rovinano i nostri orti, proprio adesso che il terreno è morbido e gli ortolani hanno messo a dimora le piantine novelle... Ricordate che l'anno scorso hanno dovuto rifare tutto l'orto a causa di quel giovane cinghiale che era venuto a pascolarci dentro, e aveva mangiato i bulbi delle cipolle e i cavoli appena trapiantati?

– Mi ricordo, e ricordo anche la disperazione dei fratelli ortolani costretti a ricominciare da capo, con le sementi che stavano per finire. E quel cinghiale non è mai stato preso perché eravamo rimasti senza cacciatore. Il povero Rupert non c'era piú e non avevamo chi lo sostituisse.

– Speriamo che questi due giovani facciano buona caccia e non riportino solo qualche uccelletto. Ma in ogni caso sia fatta la volontà del Signore, – concluse filosoficamente il priore.

Di questi conversari i due cacciatori, partendo felici per quell'inattesa cavalcata, erano del tutto ignari. Si gettarono al galoppo verso la boscaglia con gli archi in spalla e i lunghi coltelli alla cintura. Ascoltavano il cinguettio degli uccelli che riempivano alberi e cespugli, ma si accontentarono di godere il loro canto senza degnarli come prede. Per riempire tutti i piatti del convento ci voleva ben altro che un paio di pernici, che sarebbero fatalmente finite davanti all'abate e al priore! Se c'era da far festa prima della Quaresima, doveva essere per tutti, e tra quei tutti c'erano anche loro e l'amico Hadlaub che pativa il freddo nello scrittorio. Non persero tempo quindi a inseguire lepri, conigli selvatici e marmotte. Penetrarono nella boscaglia in cerca di una preda di maggior rispetto. A un tratto Guilbert si arrestò e alzò la mano destra per fermare il compagno.

– Senti? – sussurrò a Lorenzo.

Nel silenzio della foresta non piú smossa dall'impeto delle cavalcature, tra il frullo d'ali di molti uccelli e i loro richiami sonori, i due cacciatori percepirono un quieto smuovere di erbe e ramoscelli. Scesero di cavallo e avanzarono cautamente a piedi. Facendosi largo tra gli arbusti e i rami piú bassi di querce e faggi, scorsero di lontano una radura in mezzo alla quale, coricata su un letto di teneri ramoscelli spezzati dal suo peso, una femmina di cinghiale allattava la sua cucciolata, quattro cinghialetti dalla pelliccia fulva striata di marrone, belli tondi. Anzi tre, perché uno, forse avendo già poppato a sufficienza, si era un poco allontanato dal gruppo per curiosare nel suo piccolo mondo.

Guilbert impose silenzio con un dito sulle labbra, e in silenzio si allontanò seguito dal suo compagno. Raggiunti i cavalli rimontarono in sella e proseguirono.

– Ci sarebbe stata carne per tutti, – mormorò con qualche rimpianto Lorenzo.

– No, amico. Le madri con i cuccioli non si toccano. Andiamo a cercare il maschio. Non può essere lontano.

Seguirono una specie di sentiero segnato da frasche spezzate ed erbe calpestate, inoltrandosi nel folto di una boscaglia, sempre zitti e con le orecchie tese a possibili rumori provocati da animali.

– Il maschio si deve essere allontanato parecchio, – osservò Lorenzo.

– Dopo che sono nati i piccoli, la sua presenza non è piú

necessaria. La femmina trova sul posto tutto quello che le occorre per nutrirli. Solo la notte deve proteggerli dal freddo perché la loro pelliccia non è abbastanza folta. Quelli che abbiamo visto sono già grandetti, ma hanno ancora bisogno di essere allattati, forse piú per pigrizia che altro. Ma soprattutto devono essere difesi da eventuali predatori, come falchi e aquile. E dai cacciatori. Cerchiamo il maschio!

Continuarono a seguire la traccia dei ramoscelli spezzati e dell'erba calpestata, senza udire il caratteristico sfrascare del cinghiale. Era forse mezzogiorno, perché il sole era già alto, quando si accorsero che il passaggio dell'animale s'interrompeva bruscamente. Smontarono e cominciarono a cercare tra i cespugli morbidi, che potevano fornire un comodo letto a un grosso animale dormiente. E lo trovarono, guidati da un grugnire leggero come di creatura addormentata. Prima che Lorenzo se ne rendesse conto, Guilbert aveva teso l'arco e scoccato una freccia che aveva colpito la bestia nel fianco.

La reazione fu immediata. Con un grugnito piú simile a un ruggito, l'animale era balzato in piedi e si era guardato attorno con occhi feroci.

– Fuggi, Lorenzo! – fece in tempo a gridare il cacciatore mentre il cinghiale ferito si gettava su di lui per colpirlo con le zanne. Ma cadde sul pugnale proteso dell'uomo, che gli penetrò in gola e lo uccise all'istante.

– Guilbert! Guilbert, sei ferito? – chiedeva Lorenzo guardando quell'ammasso di peli immobile nella morte, che ora giaceva sopra il corpo del cacciatore. Dal quale uscí, finalmente, una flebile voce:

– Tirami fuori, Lorenzo. Sto soffocando. Fa' presto, per favore...

L'amico si diede subito da fare per smuovere il corpo della vittima, mentre il suo uccisore sgambettava cercando di sottrarsi a quel peso. Fu una dura fatica spostare l'animale morto, ma alla fine Guilbert ne fu liberato e apparve il suo corpo tutto coperto di sangue.

– Sei ferito? – ripeté preoccupato il compagno chinandosi su di lui per aiutarlo a rialzarsi.

– No, il sangue è tutto suo, – rispose il cacciatore. – Mi sento un po' ammaccato, ma non ho niente di rotto, – continuò palpandosi il corpo. – Quanto pesa quel maschiaccio!

– È veramente molto grosso, – osservò Lorenzo misurandolo con lo sguardo. – Ci sarà carne per tutti e si farà festa prima che incominci la Quaresima. Il ricordo ci conforterà per tutto il tempo del digiuno.

– Che cos'è questo tempo del digiuno?

– La Quaresima? Sono i quaranta giorni che precedono la Pasqua, nei quali i buoni cristiani non debbono toccare carne.

– Ecco perché in casa Manesse prima di Pasqua si mangiava sempre pesce!

– Qui non si mangia neppure pesce, solo verdure e legumi.

– Per quaranta giorni filati? Fratello, perché non te la fili? Non te ne vai dal monastero? Vedo che non hai la tonsura, quindi non sei ancora impegnato, sei libero di andartene quando vuoi.

– E dove vado? Non ho piú nessuno. Almeno qui non sono solo.

Guilbert tacque, comprendendo quanta tristezza c'era in quelle parole. Si ripulí come poté del sangue del cinghiale e, dato uno sguardo attorno, disse:

– È ora di mangiare qualcosa, prima di far ritorno. Che cosa ci hanno dato i bravi fratelli per colazione?

– Pane e cacio e un otre di birra.

– Bene, trasciniamo il maschiaccio allo scoperto, là in quella radura, ci sediamo al sole vicino a lui e mangiamo tranquilli. Di solito il cacio che fanno nei monasteri è buono.

– Anche questo è ottimo. Sentirai...

15. L'arrivo del cinghiale

Cosí fecero. Trascinato il cinghiale fuori dalla boscaglia, sedettero accanto a lui per evitare che qualche piccolo predatore del bosco lo deturpasse. Mangiarono con l'appetito della gioventú, dell'ora e della fatica.

– Guarda qui, – disse a un tratto Guilbert smuovendo delle foglie secche, – è pieno di fragoline. Ce ne sono a centinaia, maturate con il sole di questi giorni.

– Mettiamole nel cestino, – disse tutto allegro Lorenzo prendendo il canestro che aveva contenuto la loro colazione. – Anzi, aspetta, mettiamoci sotto uno strato di foglie fresche di ontano, cosí non si schiacciano.

E rapidamente, senza quasi spostarsi da dove sedevano, riempirono il cestino fino all'orlo.

– Che profumo! – esclamò il cacciatore sfiorando le fragole col naso. – Mi viene un'idea: facciamo uno scherzo ai monaci? Nascondiamo il corpo del cinghiale sotto un mantello sulla groppa del mio cavallo, tu vai avanti, entri per primo, mostri il cestino delle fragole e affermi con aria desolata che quello è il frutto della nostra caccia. Non sempre si ha fortuna.

– Ma li rattristeremo... – obiettò l'altro.

– Per poco. Subito dopo di te entrerò io e, smontato da cavallo, darò uno strattone al mantello e scoprirò il cinghiale. Ci stai?

Lorenzo era un po' dubbioso ma si lasciò contagiare dall'entusiasmo del compagno.

Caricato con molta fatica il corpo dell'animale dietro la sella, copertolo con il mantello, si avviarono lentamente verso il convento, anche per non stancare le cavalcature, una delle quali doveva portare oltre al cavaliere il peso della selvaggina. Arrivati al poggio in cima al quale si ergeva la mole del monastero, Guilbert smontò per non affaticare il cavallo, e fece la salita a piedi.

Giunsero all'ingresso e qui, per dar luogo alla burla, il cacciatore rimontò in sella ed entrò nella corte dietro l'amico, atteggiando il viso a grande delusione. Lorenzo, subito attorniato da una piccola folla di monaci in attesa, mostrò il cestino delle fragole scuotendo la testa:

– Fratelli, siamo dolenti, ma questo è il frutto della nostra caccia. Non abbiamo avuto fortuna.

Al chiasso festoso che lo aveva accolto seguí un silenzio costernato. Poi uno dei piú anziani disse:

– Pazienza, fratelli! Era scritto cosí nel libro del Signore!

Mentre quelle parole diffondevano mormorii di delusione e malumore, Guilbert entrava nella corte, smontava da cavallo e, con un gesto rapido, scopriva l'enorme cinghiale.

Chi potrebbe mai descrivere le grida di esultanza che si levarono a quella vista? Giovani e vecchi, tutti i monaci diedero libero sfogo alla loro contentezza.

Il vocio richiamò anche l'abate e il priore, che scesero dalle loro stanze e, facendosi largo tra la folla dei monaci, altre volte piú rispettosi della gerarchia, giunsero accanto al cavallo ancora carico della selvaggina e non lesinarono lodi ai cacciatori e alla loro preda. Fu chiamato il cuoco Tripp, che ammirò moltissimo il cinghiale e, senza l'aiuto di nessuno, lo levò dal dorso del cavallo e lo depose su un telo che aveva disteso per terra. Poi, avvolto bene l'animale, se lo fece caricare sulla spalla destra e, carezzando con la mano libera il collo del destriero, gli disse:

– Fatti dare doppia razione di biada, amico mio, perché oggi hai portato non uno, ma due cavalieri, nobili tutti e due, ma uno fortunato e uno sfortunatissimo.

Con queste parole s'avviò verso la cucina. Dalla quale il giorno dopo cominciò a diffondersi un profumo di vino e spezie che, di fessura in fessura, d'interstizio in interstizio, si sparse per tutto il monastero, penetrò nelle celle dei monaci, nello scrittorio, e non risparmiò neppure la chiesa. E a tutti quel profumo allargava l'animo e faceva ridere il cuore.

– Che cos'è quest'odore? – chiese Hadlaub a Guilbert. – Mi è del tutto nuovo.

– È il nostro cinghiale tagliato a pezzi e messo a macerare nel vino, in compagnia di cipolle, aglio, bacche di ginepro e altre spezie che non ti so dire.

– Ma è proprio vero che hai ucciso un cinghiale come non se n'erano mai visti? Cosí dicono i monaci.

– Certo. Vuoi che mentano?

– E hai fatto tutto da solo?

– Certo. Lorenzo però mi ha tirato fuori da sotto l'animale morto, e se non ci fosse stato lui avresti potuto dire addio al tuo amico Guilbert, perché stavo soffocando.

– Scusa se te lo chiedo, ma non hai avuto paura?

– Tanta. Era infuriato per il dolore e mi avrebbe azzannato alla gola. Invece è caduto sulla lama del mio pugnale. Mi ha lasciato il tempo di estrarlo, nell'attimo di stupore seguito al brusco risveglio, quando l'ho ferito con la freccia. Perché il poveraccio stava dormendo.

– Hai corso un bel rischio! E pensare che io in quel momento stavo disegnando tralci di campanule attorno ai loro fiorellini.

16. L'eroe del monastero

Guilbert era diventato l'eroe del convento, tutti i monaci si complimentavano con lui già pregustando il tanto atteso piatto di carne grazie al quale sarebbero entrati con minor tristezza nel digiuno della Quaresima. Molto onestamente egli raccontò a tutti la parte avuta da Lorenzo nella vicenda: come l'umile monaco silenzioso, che era tornato al suo lavoro nell'orto, lo avesse estratto di sotto il corpo del cinghiale che lo schiacciava soffocandolo. E nei momenti di riposo Guilbert insegnava a Lorenzo l'uso dell'arco e del pugnale, i rudimenti della caccia, fatta di lunghi appostamenti tra gli arbusti, di pazienza e di silenzio. Gli consigliò tuttavia di non mirare a selvaggina pericolosa, ma a lepri, cerbiatti e camosci.

– Se l'abate ci darà di nuovo il permesso, se vorrà rifornire di carne la dispensa per dopo Quaresima, usciremo ancora a caccia insieme. Contento, Lorenzo?

Ne fu molto contento. Tutta la popolazione del monastero, dall'abate all'ultimo novizio, ai servi laici, agli stallieri, proprio tutti, godettero, la domenica prima che cominciasse la Quaresima, di un saporito piatto di stufato di cinghiale, innaffiato, del tutto eccezionalmente, da un generoso vino rosso: l'abate sapeva, nella sua vasta esperienza, che una selvaggina ben cucinata, e quella lo era, vuole essere accompagnata nel suo ultimo viaggio dallo stesso vino in cui è stata tenuta a macerare per giorni. E ce ne fu anche per i poveri che, attirati dalle chiacchiere di qualche monaco, vennero al monastero con la loro gamella di stagno, e persino per i cani del convento che leccarono golosamente le scodelle. E a tutti fu offerto vino, tranne ai cani.

Coltivando cavoli e cipolle, mondando aiuole da erbe invasive, cogliendo i primi cespi di lattughe e bietole, Guilbert non smetteva di osservare il suo nuovo amico, che gli pareva troppo ben fatto nella persona e insieme troppo triste per diventare un monaco. Fu cosí che un giorno gli chiese:

– Perché non hai la tonsura?

– Non ho ancora pronunciato i voti. Vivo in convento come servo laico, ma prima o poi dovrò decidermi.

– Poi, fratello, il piú tardi possibile. Se non sbaglio, si può vivere anche tutta la vita al servizio di un monastero senza farsi monaco. Ti guadagni il tuo pane lavorando, quindi non sei di peso alla comunità.

– Ma i frati insistono.

– E l'abate?

– Lui non mi ha mai detto niente. Non ha mai neppure toccato questo discorso.

– Perché è piú saggio. Sa che per farsi monaco occorre la vocazione. Chi veste il saio perché non sa che altro fare, non sarà mai un buon monaco. Fa' quello che ti dice l'abate, e non dar retta alle chiacchiere degli altri.

Tacquero continuando a sarchiare le aiuole di rape e rapanelli. Improvvisamente Guilbert si rizzò sulla schiena e disse:

– E se tu diventassi il loro cacciatore? Mi pare di aver udito che non ne hanno nessuno da quando è morto quel loro... be' quell'ultimo che hanno avuto.

– Non è morto, Guilbert. Se n'è andato. Io ho fatto in

tempo a conoscerlo. Era un bell'uomo, era arrivato al monastero non so perché, ma penso che dovesse sfuggire a una vendetta. Si è fermato qualche anno, forse per far perdere le sue tracce, e poi è tornato nel mondo.

– Anche tu puoi diventare cacciatore. La struttura fisica ce l'hai, il coraggio pure. T'insegno io. Vedi, Hadlaub non potrebbe, non è abbastanza robusto, inoltre è sempre distratto, o canta o va in giro col naso per aria guardando le nuvole. Ma tu... cosí resti libero. Se vuoi rimani, e ti guadagni il tuo pane; se non vuoi, puoi andartene nel mondo.

– Con questa faccia? Guilbert, mi hai visto bene?

– Un uomo non è solo la sua faccia e tu lo sai. Oltre alla forza fisica hai anche il coraggio, e in un uomo è la cosa piú importante.

Durante la Quaresima, mentre Hadlaub era intento a trascrivere le ultime poesie di proprietà della biblioteca di San Gallo, accadde che l'abate convocò Guilbert e gli chiese se non volesse fare qualche battuta di caccia per procurare alla comunità carne da affumicare o seccare, dal momento che la stagione si manteneva bella e non sarebbe stato male fare qualche provvista di selvaggina prima che lui partisse. Il cacciatore accettò con entusiasmo purché, disse, fosse permesso a fratello Lorenzo di accompagnarlo.

– Cavalca bene e ha coraggio. Se non ci fosse stato lui a tirarmi fuori dai guai forse non sarei sopravvissuto.

L'abate convenne che aveva ragione e diede il suo consenso. Aggiunse molto sagacemente:

– Chissà che non riusciate a fare di lui un buon cacciatore, e che si possa vederlo un po' felice, povero figliuolo!

– Spero proprio di sí. Ha talento e gli piace molto andar per boschi. Quando cavalcavamo insieme aveva tutta un'altra faccia.

L'abate sorrise in silenzio.

Fu cosí che i due giovani furono sottratti alla cura degli orti e quasi ogni mattina partirono per andare a caccia, felici entrambi di quelle ore di movimento all'aria aperta, per radure e foreste, e sempre tornarono con il carniere pieno. Lepri, conigli selvatici, caprioli e camosci, un bellissimo cervo persino, e qualche cinghiale, ma mai grosso come il primo. Un buon numero di monaci fu impegnato nella salagione e affumicatura delle carni, nella confezione di salsicce con le parti piú deperibili, e non si può escludere che qualche fegatello finisse in uno stomaco goloso anziché nelle fauci dei cani come prescriveva la regola durante la Quaresima.

17. Di nuovo in viaggio

Di ogni regno e ogni terra mi sento padrone
quando sto in compagnia della mia bella signora

cantava Hadlaub a voce spiegata cavalcando verso oriente nella mattina di primavera. Alle loro spalle la mole di San Gallo s'immergeva nella foschia dell'aurora.

Erano partiti all'alba, il poeta e il cacciatore, per riprendere il loro viaggio, salutati dai monaci, dal priore e dall'abate, che celavano a stento la loro tristezza: il monastero sarebbe stato piú silenzioso senza la sonora risata di Guilbert, che non riusciva a trattenere la sua ilarità per ogni minima cosa, e senza la voce di Hadlaub, che non si accorgeva di cantare anche mentre lavorava nello scrittorio. Lorenzo li aveva accompagnati fin oltre il vallone che circondava il monastero, poi era tornato indietro.

– Fatti comprare un cavallo, – gli aveva raccomandato Guilbert, – e cercati un compagno per la caccia. Non è prudente andare da soli: lo dice anche l'abate. Qualcuno dei novizi, uno dei piú robusti e coraggiosi, e meno pii... – aveva aggiunto maliziosamente.

Sapeva che Lorenzo avrebbe seguito il suo consiglio. Sapeva anche che la scelta sarebbe con ogni probabilità caduta su un cadetto di una nobile e ricca famiglia, escluso dall'eredità, al quale era stato concesso di tenere il suo cavallo nella scuderia del monastero. Quel ragazzo, ancora senza tonsura, sembrava avere tutte le doti necessarie: soprattutto l'entusiasmo, visto che era sempre il primo ad accogliere i due cacciatori di ritorno da una battuta per farsi raccontare le loro avventure.

– Che cosa canti, Hadlaub? Sono versi molto belli.

– Sono bellissimi. E sai chi li ha composti? Il nostro imperatore, il sesto Enrico. Pensa, tra una battaglia e l'altra scriveva poesie e componeva anche la musica. Ed è morto a trentadue anni.

– Meritava proprio di nascere con una corona in testa. È una delle poesie che hai trovato nella biblioteca del monastero?

– Sí. Sapessi quante ce ne sono! Le ho trascritte tutte, e ora sono qui –. E batteva con una mano sulla tasca destra della sella del cavallo. – A San Gallo ho avuto molta fortuna: c'erano tanti manoscritti dei nostri poeti, i piú antichi e rari, penso. Sarà contento il signor Manesse: gli ho scritto una lettera prima di partire.

– E gli arriverà? Da tanto lontano?

– Spero di sí. La corrispondenza tra monasteri funziona molto bene. Quando una missiva porta il sigillo dell'abate, e la mia lettera lo porta, un monaco la reca al piú vicino monastero o convento o abbazia, di là parte un altro messaggero fino alla seguente tappa e cosí via. Anche le monache usano questo sistema. Devono essere cose importanti, però, col sigillo dell'abate o della badessa.

– E adesso dove siamo diretti?

– Al castello del conte Ulrich von Liechtenstein. Non so se quel signore sia ancora vivo, ma il castello c'è e qualcuno ci abiterà.

– So dov'è, – disse Guilbert. – Ma è in mezzo alle montagne, forse troveremo ancora neve lassú, e anche briganti... È proprio necessario andarci?

– Quel signore teneva una corte d'amore, amava circondarsi di poeti, che certamente avranno lasciato una copia dei loro componimenti in quella biblioteca. Se non altro potrò trascrivere le sue opere. Quanti giorni di viaggio?

– Due. Se tutto va bene. Se non incontriamo ostacoli, valanghe o briganti... Prima d'inoltrarci nella foresta, propongo di far colazione. Almeno, se dobbiamo morire, moriremo a pancia piena.

– Non essere catastrofico! Conosci un posto dove si possa passare la notte? Non è consigliabile dormire all'aperto in mezzo a queste montagne.

– Ho sentito parlare di un ricetto di donne che dovrebbe essere a metà strada, ma non lo conosco. Non è un convento e non capisco perché abbiano scelto un luogo cosí isolato e difficile da raggiungere.

– Be', se riusciamo a trovarlo, non ci negheranno ospitalità, un riparo per la notte, magari anche nel fienile... Appena troviamo un prato esposto al sole, ci sediamo a mangiare e far riposare i cavalli. Spero che i frati ci abbiano rifornito abbondantemente, con tutta la selvaggina che tu hai procurato.

– Tra poco lo sapremo, – rispose Guilbert di cattivo umore. Non era affatto sicuro che sarebbero giunti vivi a quel ricetto. Sapeva da racconti uditi in giro che la foresta intorno a quel luogo era infestata da briganti ed era assai improbabile che loro due riuscissero a evitarli.

Giunsero verso mezzogiorno, come poterono stabilire dall'altezza del sole, in una vasta radura lievemente digradante: il posto ideale per far colazione. Smontarono, legarono i cavalli a due alberi abbastanza distanti perché avessero erba sufficiente per pascolare, e si sedettero a terra sopra un cuscino di muschio asciutto e caldo.

Guilbert aprí le bisacce che i monaci di San Gallo avevano dato ai partenti e vi trovò gradite sorprese. Mastro Tripp, che si era sentito responsabile dello stomaco dei due viaggiatori, aveva preparato un grosso involto con salsicce di fegato e di altre interiora di selvaggina, ancora morbide ma già dolcemente affumicate, una collana di insaccati profumatissimi che chiedevano di essere consumati in breve tempo. Aveva aggiunto un cosciotto di cervo già stagionato, opportunamente salato, che avrebbe potuto sfamare un'intera comunità e durare a lungo. Inoltre pane e cacio in gran quantità, vino e ortaggi come rape e cipolle, del raccolto dell'anno precedente, e alcune mele. Vedendo quel ben di Dio, il cacciatore si consolò delle sue apprensioni. Hadlaub, nella sua ingenua incoscienza, non ne aveva mai nutrite.

Staccarono un paio di salsicce per ciascuno e ne addentarono la succulenta polpa, accompagnandola con un morso di pane e un sorso di vino di tanto in tanto. Non fecero conversazione, impegnati com'erano nel masticare, che interrompevano solo per fare qualche rapido elogio alla bravura di mastro Tripp e alla bontà delle sue salsicce. Anche il pane era particolarmente buono, appena sfornato, profumato e croccante nella spessa crosta che difendeva la tenera mollica.

– Viva San Gallo! – gridò Hadlaub.

– Viva mastro Tripp! – gli fece eco Guilbert, sdraiandosi sul dorso nell'erbetta novella e chiudendo gli occhi per il piacere.

Il sole li riscaldava amico, una brezzolina leggera rendeva perfetto il loro benessere. E già sognavano un sonnellino postprandiale su quel letto d'erba, quando avessero finito di mangiare e bere a sazietà.

18. Il popolo della foresta

Erano tanto assorti nel gustare le squisitezze del cuoco di San Gallo che non si accorsero di certi ceffi che spuntavano da dietro i tronchi della foresta. Fu una sonora risata a richiamarli alla realtà, e un vocione urlante:

– Guardate quei due passerotti che becchettano il loro mangime! Signori! Voglio sperare che lascerete qualcosina anche per noi!

I due, sorpresi a metà dell'idillio gastronomico, si guardarono attorno stupefatti. Almeno dodici uomini erano apparsi al margine della foresta, e avanzavano ora verso di loro: alcuni già tendevano l'arco, altri brandivano scuri o forconi. Guilbert, dopo un momento di paralizzante meraviglia, fece l'atto di togliersi l'arco dalla spalla, ma Hadlaub lo fermò con un gesto della mano:

– Che cosa vuoi fare? Non vedi quanti sono?

– Il giovincello ha ragione, – gridò quello che aveva tutta l'aria di essere il capo. – Al primo movimento sospetto siete morti, e noi non sapremmo che cosa farcene dei vostri cadaveri. Diteci piuttosto che cosa nascondete nelle bisacce, perché anche noi abbiamo fame. E fate presto!

Hadlaub fu veloce a mostrare la fila di salsicce e il cosciotto di cervo, e restò fermo a mani alzate con quell'offerta in cambio della vita.

– E nelle altre bisacce, amico? Vedo che quelle di uno dei cavalli sono gonfie e ben chiuse. Che cosa nascondono?

– Pergamene, signore! Io sono in viaggio per trascrivere le poesie d'amore della nostra terra, e questo mio amico mi accompagna. Veniamo dal monastero di San Gallo, che abbiamo lasciato questa mattina all'alba. Sono anche cantore, e questo fagotto sulla mia schiena è la viola con cui mi accompagno quando canto. Siamo uomini di pace...

– Bene, bene, – disse il capo mettendo le mani nella bisaccia di Hadlaub. – Sicché tu sei una specie di poeta –. Poi, tastando lo strumento sulle spalle del giovane: – Sí, sí, questa dev'essere una viola, la riconosco anche se non sono un poeta –. Quindi, rivolto ai compagni che intanto avevano fatto circolo intorno ai due viaggiatori, aggiunse:

– Il passerotto non ha mentito: l'unico tesoro che questi due portano con sé sono pergamene piene di versi, ma per fortuna hanno anche cibo e vino. Dovremo dividerlo con le sorelle del ricetto, che in questa stagione hanno piú fame di noi. Portiamoli là –. Poi, rivolto ai prigionieri: – Dove siete diretti, amici?

– Al castello del conte di Liechtenstein, dove spero di trovare poesie del sire Ulrico.

Il capo lo guardò con un sorriso un po' ironico:

– Ma tu, passerotto, non hai altro per la mente che la poesia! Bravo giovanotto! Abbiamo proprio bisogno di uomini come te –. E sottolineò le sue parole con una pacca sulla spalla di Hadlaub, che barcollò, senza tuttavia cadere.

– In marcia, ragazzi! – ordinò ai suoi. E, rivolto ai due prigionieri: – Sapete che siete fortunati? Le sorelle del ricetto hanno la loro casa sulla strada del castello a cui siete diretti. Vi daranno ospitalità per la notte, ne sono certo perché hanno buon cuore, e le vostre salsicce hanno un'aria molto appetitosa. Noi vi accompagneremo e ceneremo con voi. Cerchiamo di evitare i passi ancora innevati, – disse rivolto ai suoi. – Perché su quelle montagne, cari cittadini, c'è ancora la neve. Chissà come saranno contente quelle brave signore di avervi ospiti, cosí questa sera non dovranno mangiare la solita zuppa di cicoria e ceci. Naturalmente, grazie alle vostre provviste.

Si erano avviati tutti a piedi sul sentiero tra gli alberi, i prigionieri circondati dai compagni della foresta, di buon passo. Il capo teneva i cavalli per la cavezza e camminava davanti a tutti. Il terreno saliva, prima dolcemente, poi sempre piú ripido. E quelli non rallentavano la marcia.

Guilbert riusciva a tenere il loro passo, ma Hadlaub a un tratto mormorò:

– Non ce la faccio piú. Non riesco a respirare... – E crollò svenuto sul sentiero.

– Il mio compagno ha perso i sensi, – gridò il cacciatore in modo da farsi udire dal capo.

E questi si fermò, si avvicinò al povero infortunato, si chinò a esaminarlo, e sentenziò:

– È solo svenuto. Non sapevo che i poeti fossero cosí fragili. Ehi, voi, – rivolto a due dei suoi tra i piú robusti, – caricatelo su un cavallo! E tu, cacciatore, ce la fai ancora?

– Sono abituato a camminare, io, – rispose Guilbert offeso, pur provato anche lui dalla fatica, ma seriamente intenzionato a non ripetere la brutta figura dell'ingresso in San Gallo.

Ma il sentiero saliva sempre piú ripido e quelli affrettavano il passo senza dare alcun segno di stanchezza. Il giovane resistette fin che poté, poi cadde a terra senza dire una parola. Il capo lo fece caricare sull'altro cavallo e, scuotendo la testa, disse:

– Gente di città. Tanta spocchia e niente muscoli.

Cosí, fecero il loro ingresso al ricetto tutti e due privi di sensi e caricati di traverso sulla groppa dei cavalli, tra le risatine sornione dei banditi.

19. Nel ricetto di Edburga

– Fratelli! Non li avrete uccisi! – esclamò la custode quando, aperto il portone che immetteva nel cortile, vide i due corpi a pancia in giú sul dorso dei cavalli. – Derubare va bene, ma uccidere no, non sapremmo dove seppellirli, i cadaveri. Qui attorno è tutta roccia.

Questa ramanzina, pronunciata sí in tono scherzoso, era sottolineata da un lungo indice che si agitava in segno di ammonimento.

– Tranquilla, sorella. Sono soltanto svenuti. Che volete, passerotti di città sono, non abituati a camminare appena la salita richiede un piccolo sforzo, – spiegava il capo mentre dirigeva le operazioni di discarico dei due svenuti dalle cavalcature. – Bei cavalli, però. Bestie da signori...

Intanto i due infortunati incominciavano a riprendere i sensi e furono portati all'interno del ricovero, che era una comoda costruzione in pietra, circondata da altre piú piccole adibite ai vari servizi di una comunità: stalla, pollaio, lavanderia, cucina eccetera.

Da una delle ali laterali proveniva un suono, un battito ritmico di legno contro legno. Il suono s'interruppe quando si radunò intorno ai nuovi arrivati uno sciame di donne di tutte le età, si sarebbe detto dai venti ai settant'anni. E tutte facevano domande rispondendosi a caso perché nessuna sapeva nulla.

– Per favore fate un po' di silenzio. Una di voi vada a chiamare sorella Edburga, che venga a vedere i viaggiatori –. Era la voce di colei che fungeva da portinaia, una delle maggiori autorità di quello strano rifugio.

All'arrivo di Edburga il brusio cessò. Era una signora di mezza età, vestita di un saio scuro come tutte le altre, con un velo bianco sul capo a nascondere una massa di capelli neri che si intuivano avvolti in una treccia intorno alla testa.

Fece cenno alle sorelle di tornare al lavoro e, studiando attentamente i due viaggiatori, disse sorridendo:

– Non abbiate paura. Non siete capitati in un covo di briganti, anche se gli uomini che vi hanno portati qui possono esservi sembrati tali. Vedete? Sono tutti spariti. Sono andati a lavarsi per la cena. Sono nostri amici e protettori, rubano ai viaggiatori quello che a noi manca, e non è poco, e noi in compenso li vestiamo e li nutriamo. Avete sentito il battito del telaio? Ci siamo attrezzate per tessere e cucire vesti per noi e per loro. Produciamo tutto quello che si può produrre in mezzo a queste montagne, dove la terra per l'orto dev'essere portata su dalla pianura con le ceste.

– Ma voi non siete monache? Non avete una regola? – chiese Hadlaub che aveva notato alcune anomalie.

– Questo non è un convento, seguiamo solo la regola che ci siamo data noi. È un rifugio di donne che, per ragioni diverse, sono state costrette a fuggire il mondo: spose maltrattate, vedove sole e senza mezzi di sostentamento, donne che hanno servito per tutta la vita in casa di ricchi signori e poi sono state lasciate in mezzo alla strada quando non erano piú utili, fidanzate abbandonate alla vigilia delle nozze, e altre vicende del genere. Noi non chiediamo le loro storie, non imponiamo nulla, se non di collaborare al mantenimento della comunità col lavoro che ciascuna può fare secondo le sue possibilità e inclinazioni. Chi vuole andarsene e tornare nel mondo, può farlo, non ha che da dirlo a me.

– Siete quindi una specie di superiora? – chiese Hadlaub che non riusciva a liberarsi da certi parametri gerarchici appresi in convento.

– Sí e no. Sono stata eletta dalla comunità per mantenere ordine e pace tra le sorelle, dirimere contese che sempre possono nascere. Ma sono solo una «prima inter pares». Tengo i conti e provvedo alle necessità pratiche: scorte di cibo, confezioni di abiti pesanti, perché tra queste montagne fa sempre freddo, la cura delle piú anziane e delle malate. Sono erborista, e nella bella stagione vado in giro a cercare tra le pietre intorno al ricetto erbe atte a curare, guarire o almeno lenire i dolori.

Disse queste cose concludendo con un sorriso accattivante che rese bello il suo volto sciupato di donna provata dalla vita. I due la ammirarono in silenzio. Poi Edburga si alzò:

– È ora di cena. Vi presenterò Adam, il capo dei fratelli della foresta. Non meravigliatevi se nel refettorio incontrerete tutti gli uomini che vi hanno portato qui. Stanno nella foresta l'intero giorno, al nostro servizio. La sera vengono qui, si lavano, e mangiano con noi. Poi se ne tornano nei loro rifugi. Sentite il suono della campanella? Ci chiama. Venite con me. Sarete nostri ospiti.

Al suono che si era udito cessò ogni rumore nelle costruzioni adibite ai vari servizi, primo tra tutti il battito del telaio.

Entrati nella sala che fungeva da refettorio, i due ospiti videro con stupore la fila delle donne in piedi a lato di una tavola lunga e stretta, coperta da una tovaglia bianchissima di tela grossolana ma ornata agli angoli di fiori ricamati. Tutte parevano attendere l'ingresso della padrona di casa. Alcune delle donne mormoravano preghiere, la maggior parte stava composta in silenzio. Ma a stupire i due viaggiatori furono soprattutto gli uomini: non parevano piú briganti, anche se gli abiti erano i medesimi di prima. Solo qualcuno aveva indossato una casacca o un farsetto pulito, tutti si erano lavati faccia e mani e, come potevano, pettinati barba e capelli. Ma ciò che li differenziava dagli uomini conosciuti nella foresta era l'espressione del volto, non piú atteggiato alla violenza e a suscitare terrore, ma pacifico, bonario, come di fronte ad amici incontrati per caso.

A un cenno di Edburga sedettero tutti sulle panche, ella prese posto a capo tavola e fece sedere i due ospiti alla sua destra e alla sua sinistra. Mentre gli uomini affamati allungavano le mani sulle grandi forme di pane ancor caldo di forno, entrarono due robuste signore reggendo ognuna una grande terrina da cui emanava un profumo quanto mai appetitoso.

– Abbiamo fatto cuocere alcune delle vostre salsicce insieme ai nostri cavoli aromatizzati con vinacce, come noi usiamo per conservarli da un anno all'altro. Usiamo lo stesso sistema con le rape, sebbene quelle si possano conservare anche naturali nelle grotte asciutte di queste montagne, come le cipolle.

Cosí dicendo Edburga aveva riempito le piccole terrine che stavano davanti ai suoi ospiti, come davanti a tutti gli altri commensali, ai quali provvidero le due donne che servivano in tavola. I due viaggiatori furono colpiti dal sapore che avevano acquistato le loro salsicce, pur tanto apprezzate crude.

– Il vostro orto produce cose molto buone, – osservò Hadlaub, – queste verdure sono squisite.

– Un orto di montagna, dove la terra viene portata dalla pianura e integrata ogni primavera di quanto le piogge dilavano, dà prodotti sempre molto saporiti perché scarsi. Penso che la natura compensi in questo modo la carenza di quantità. E poi l'arte della cuoca consiste nel mettere insieme, quasi maritare, prodotti diversi. Infine sopraggiungono gli aromi delle erbe selvatiche raccolte da me tra le rocce della montagna, nella nostra breve, preziosissima estate.

– Siete una perfetta padrona di casa, signora, – intervenne Guilbert.

– Grazie, è un complimento che mi fa molto piacere. A questo punto occorre un buon calice di vino. Non abbiamo calici, ma questi vasi di terracotta che facciamo noi stesse, come le terrine e tutte le stoviglie. Però il vino è buono.

A quelle parole, come per incanto due uomini della brigata apparvero con due grandi orci, e riempirono i bicchieri. E tutti bevvero con grande piacere.

– Non tutte le cene sono cosí ricche, – disse la padrona di casa, – questa è una festa per voi ospiti. Purtroppo non possiamo mettere in tavola vino ogni sera, perché non ne abbiamo molto.

– In compenso è buonissimo, – disse Guilbert, – raramente ne ho bevuto di cosí buono.

– Lo facciamo noi. Ma l'uva la compriamo dalla pianura, e la paghiamo con i nostri prodotti artigianali, tessuti, ricami, stoviglie di terracotta. Abbiamo una cava di creta qui vicino, e i nostri amici hanno costruito un tornio con cui la possiamo lavorare come vogliamo.

Intanto la cena proseguiva. Comparivano in tavola parte delle provviste dei due viaggiatori frammiste ai prodotti della casa, il cacio dei monaci di San Gallo con lardo affumicato di diversa provenienza, ma il vino, Guilbert ne era certo perché ci stava attento, era tutto offerto dal ricetto. La signora parve leggergli nel pensiero, e disse:

– Ho dato ordine che il vostro vino sia lasciato per il viaggio che vi aspetta. Ed ora, amici miei, preparatevi a una sorpresa.

Fece portare tazze piú piccole e da un grazioso orciuolo di forma allungata versò a ognuno un piccolo quantitativo di liquido incolore.

– Questo, – disse solennemente, – viene distillato dalle vinacce dell'uva che trasformiamo in vino, quelle che non vengono usate per conservare le verdure.

Levò il bicchiere in una sorta di brindisi sorridente, e bevve. Tutti imitarono il suo gesto, e i forestieri ebbero la lieta sorpresa di sentir scendere in gola un liquore caldo, quasi bruciante, che, giunto nello stomaco, lo riscaldò tutto empiendolo di quieto benessere. Guilbert vi riconobbe qualche somiglianza con quello che gli aveva fatto bere il frate erborista a San Gallo, poi smise di pensare e si abbandonò all'ebbrezza.

20. Neve di primavera

L'indomani il risveglio fu tardo: non c'erano campanelle a interrompere il riposo notturno, non c'erano funzioni antelucane né ciabattío di monaci accorrenti ad assistere ai riti. I due viaggiatori si destarono nella celletta loro assegnata, tardi sí, ma non filtrava alcuna luce dalla finestrella chiusa da un pesante battente di legno che non lasciava nessuna fessura. Ed essi non potevano sapere a che punto fosse la notte, o il giorno. Uno strano silenzio fasciava tutto il ricetto.

Guilbert, dopo aver alquanto indugiato sotto la calda coltre di pelliccia, con un atto di volontà si alzò e, ben avvolto nella medesima coltre, andò a scostare un poco l'anta della finestrella. Ne entrò un debole lucore accompagnato da un grido soffocato di meraviglia:

– Hadlaub! Nevica! Nevica spesso e fitto come in inverno, e ce n'è già un buon mezzo piede per terra!

Risvegliato dalle parole dell'amico, Hadlaub si girò pigramente nel letto caldo e mormorò:

– Meglio cosí. Oggi non possiamo partire e riposeremo tutto il giorno.

Guilbert tornò a coricarsi sotto la sua coltre pelosa e disse:

– Chissà se le sorelle sono già in piedi e al lavoro. Non si capisce che ora è. È quasi come se fosse notte, tanto fitta cade la neve. Hadlaub! Hadlaub! Ti sei riaddormentato?

– Mi *ero* riaddormentato. Mettiti tranquillo e lasciami riposare in pace, tanto oggi non abbiamo niente da fare. Sarà una giornata noiosa e io sono stanco per le fatiche di ieri. E anche tu, ricordati come siamo arrivati qui, come sacchi di grano gettati sul dorso dei cavalli. Passi per me, ci sono abituato, ma tu che sei uomo d'armi...

– Appunto, ieri ho fatto una magra figura, ma oggi voglio riscattare il mio onore agli occhi di tutti. Uscirò a caccia anche se nevica.

– Bravo. Alzati e lasciami in pace.

Fu cosí che Guilbert, vestitosi come poteva al buio, cominciò a girare per le stanze deserte in cerca di qualche segno di vita che lo avviasse alla cucina, perché aveva fame. Un certo tepore lo condusse proprio là dove alcune donne erano sedute a sorbire latte caldo da grandi ciotole di terracotta.

– Buon giorno, sorelle. C'è qualcosa di caldo anche per me?

Risposero tutte festosamente, e subito da un calderone appeso nel camino gli fu servita una ciotola di latte bollente con pane e cacio.

– Che si fa quando nevica? – chiese tra un boccone e l'altro.

– Chi può si riposa, – disse una delle donne, – di certo tutti i lavori da fare all'aperto sono sospesi. Si può cucire, tessere, si deve dar da mangiare ai nostri animali, si potrebbe anche affumicare la carne se ne avessimo...

– Sorella, mi viene un'idea. Uscirò a caccia e forse vi porterò qualche preda.

– È inutile, fratello, quando nevica nessun animale esce

dalla sua tana. Proprio come i nostri compagni, quelli che avete visto ieri.

– Uscirò lo stesso, se non altro per far muovere il mio cavallo.

– State attento a non smarrirvi, voi non conoscete questi luoghi.

In quel momento si udí un passo pesante, maschile, che si avvicinava alla cucina.

– Sorelle, sono venuto per un po' di latte caldo –. Era il capo della piccola brigata che, dato uno sguardo intorno e scorto Guilbert, lo salutò sorridendo:

– Buon giorno, cacciatore. Avete visto che nevicata?

– Ho visto, Adam. È neve di primavera. Che ne dite, si può uscire a caccia? Tanto per muoverci un po'.

– Sí, ma non a piedi, – rispose l'altro sorbendo il suo latte caldo.

– C'è il cavallo del mio compagno, che non uscirà di certo con questo tempo. È ancora a letto al calduccio...

– Affare fatto, amico. Mangio qualcosa ed esco con voi. Veramente ero venuto per spaccare un po' di legna per le nostre sorelle, ma manderò qualcun altro della brigata... – disse rivolto alle donne, una delle quali rispose:

– Per la legna non c'è nessuna urgenza, ne abbiamo ancora. Andate tranquilli, e chissà che non torniate con qualcosa di buono.

– È neve di primavera, – ripeté Guilbert uscendo, – e gli animali della foresta lo sanno. Ho qualche buona speranza... – E, con un allegro cenno della mano, uscí.

– Sono contento che veniate anche voi, – aggiunse rivolto a Adam, – cosí non corro il rischio di smarrirmi –. E si avviò con il compagno alla scuderia.

Hadlaub si alzò molto tardi, trattenuto tra le coltri dal

tepore che faceva aspro contrasto con l'aria pungente della stanza. Ma a un certo punto cominciò ad annoiarsi. Il sonno se n'era tutto andato, la mente era sveglia. Udiva deboli suoni di voci nella casa. Prese l'eroica decisione di levarsi, vestirsi e uscire dalla stanza. Il movimento era poco, solo un lontano battito secco di telaio. Seguí le voci e giunse in cucina. Tre donne gli misero subito davanti una ciotola di latte sul cui fondo erano adagiate alcune fette di pane nero.

– Sapreste dirmi, signore, a che punto è il giorno? Con questa neve non riesco a capirlo.

– È difficile anche per noi. S'è fatta un po' di luce quando i cacciatori sono usciti, or non è molto. Ma ecco che arriva la signora. Forse lei saprà darci qualche indicazione.

– Buon giorno a tutti, – salutò Edburga. Poi, volgendosi al poeta: – Ben levato, giovanotto. Avete fatto bene a dormire a sazietà: la giornata di ieri è stata molto faticosa per voi. La cura degli animali ci ha avvertite che è quasi ora di pranzo. Ma poiché oggi tutti ci siamo levati tardi, non pranzeremo, ceneremo presto, appena saranno tornati i cacciatori, perché per la serata ho in mente qualche trattenimento. Volete venire a discorrere con me nel mio parlatorio? E voi, sorelle, preparate con calma quanto è stato previsto per la cena.

Cosí dicendo, senza attendere risposta, Edburga si avviò fuori della cucina seguita da Hadlaub, salí una breve scala ed entrò in una stanza piuttosto piccola e ben riscaldata. Un camino di modeste dimensioni era acceso in un angolo. Le pareti della stanza erano foderate di legno e mantenevano un moderato calore. Al giovane vennero in mente le tiepide stanze di casa Manesse, e quel ricordo gli strinse il cuore con l'immagine di Lisi, non dimenticata, ma resa lontana e sfocata da tutte le avventure incontrate dopo la partenza da Zurigo.

– È molto accogliente questa casa, signora... Ma non so ancora come vi chiamate.

– Edburga. Mi chiamo Edburga, e questo ricetto porta il mio nome perché sono stata la prima a rifugiarmi qui, tra queste montagne.

21. Storia di Edburga

– Mi sono rifugiata qui in un momento tragico della mia vita, sola, sfuggita a chi mi voleva morta, e aiutata da quegli uomini che avete conosciuto, o meglio dal loro capo, che mi ha presa sotto la sua protezione e ha diviso con me la solitudine dei primi tempi, il nobile Adam di Zug, che in questo momento è a caccia con il vostro amico Guilbert.

– Quel... È un nobile signore? – chiese Hadlaub pieno di meraviglia.

– Nobile di nascita e di animo. Fatto rude dalla foresta e dagli uomini che lo circondano. Anche lui ha una storia tragica alle spalle, come molti di noi, e anche la sua, come la mia, è una storia d'amore infelice. Non tutte le donne che vedete qui sono venute a questo ricetto spinte dalla miseria, e non tutti i compagni della foresta sono briganti o hanno conti in sospeso con la giustizia. Io posso raccontarvi la mia storia, se volete, non quella degli altri.

– Ve ne prego, signora. Anch'io ho alle spalle un amore infelice.

Edburga sorrise con indulgenza:

– Voi, cosí giovane? Ma avete ragione. Certe volte s'incomincia a essere infelici in gioventú, si soffre molto per inesperienza ed eccesso di passione, la maturità poi lenisce il dolore e può trasformarlo in qualcosa di positivo. Dovete sapere che provengo da una nobile e potente famiglia bernese, ero la prima di quattro figli, due femmine e due maschi. Come primogenita ero destinata fin dalla nascita a sposare l'unico figlio di una ricchissima casata a rischio d'estinzione. Ma il promesso sposo, già ventenne quando io nacqui, mi fu presentato per la prima volta il giorno in cui compii sedici anni. E la sua vista mi fece orrore. Non che fosse brutto o deforme, al contrario, era molto ben fatto nella persona, alto e robusto, con folti capelli neri striati di grigio. Ciò che mi fece paura fu lo sguardo colore del ferro, gli occhi che non sorrisero neppure mentre la bocca sorrideva alla sposa fanciulla.

Fece una pausa, come se quel ricordo ancora la atterrisse, poi si riprese, e sorridendo continuò:

– In quel tempo l'età e l'inesperienza avevano rivolto il mio animo a un giovane paggio che viveva in casa e con il quale da bambina giocavo, essendo lui di poco piú grande di me. Crescendo, in entrambi il gioco aveva generato un innocente affetto, di cui forse non eravamo neppure consapevoli, contenti della reciproca presenza, felici quando, libero lui dagli impegni del suo servizio, sedevamo insieme e m'insegnava a leggere versi di qualche poesia. Da lui ho imparato a leggere e scrivere. Sapevo che la mia persona era destinata a un signore potente e ricco, ma non me ne resi conto che quando lo vidi. E lessi nei suoi occhi che in lui non c'era posto né per cortesia né per pietà. Dovevo diventare una cosa sua, fare figli per lui e obbedire. Allora corsi piangendo dal mio amico e gli dissi la mia disperazione. Decidemmo di fuggire insieme, come uccelletti spauriti. Quella stessa notte c'incontrammo nel giardino del castello, lui venne con il suo cavallo, mi mise in groppa cingendomi tra le braccia e partimmo al galoppo. Una sola notte durò la nostra fuga e la nostra felicità. Qualcuno ci aveva scorti e aveva dato l'allarme. Fu subito avvertito il mio sposo, che radunò i suoi uomini, armati come se andassero a incontrare un esercito nemico e non due sprovveduti fanciulli in fuga inerme. Ci raggiunsero ben presto nella piú vicina radura, dove ci eravamo fermati per riposare, presero il mio povero amico e lo trascinarono dal loro padrone, il quale, afferratolo per i capelli, senza neanche scendere da cavallo, gli mozzò la testa con un colpo di spada. Di fronte a quell'orrore persi i sensi e caddi sull'erba. Quando rinvenni ero in una grotta in mezzo ad alcuni degli uomini che avete conosciuto. Vidi, chino su di me, il volto di Adam, giovane allora, come giovani erano i suoi compagni.

– Che cosa era avvenuto? – chiese Hadlaub catturato da quella vicenda. – Com'è potuto accadere che gli uomini del vostro sposo non vi abbiano portata via con loro?

– Me lo raccontò il mio salvatore piú tardi, quando riuscii a vincere il pianto e l'orrore. Nascosti nella foresta, Adam e i suoi avevano assistito allo scempio del povero paggio, e solo allora si erano resi conto della violenza che si stava operando contro due creature inermi e in fuga. Uscito allo scoperto, Adam si batté contro il capo, lo scellerato assassino, riuscí a ferirlo con la spada, arma che allora lui solo possedeva, ed ebbe la soddisfazione di vederlo fuggire in preda alla paura. Mi sentii vendicata sapendo che quell'uomo di ferro e di ghiaccio aveva provato il terrore di essere ucciso. Ho riflettuto piú tardi, dopo aver recuperato senno e serenità, che spesso dietro apparenza d'inflessibile coraggio si celano soltanto viltà e arroganza. Non ho piú saputo nulla della mia famiglia, né di quella del mio mancato sposo. Non ho voluto sapere.

Tacque, forse oppressa da quel ricordo remoto. Poi levò gli occhi in volto al suo interlocutore, e sorrise ancora:

– Tutto questo è ormai un lontano passato. La mia vita adesso è qui, in questo ricetto che il popolo della foresta ha costruito per me e altre donne ferite come me, sia pure da sventure diverse. Qui viviamo stabilmente in sette: io in qualità di rettrice e contabile, la cuoca, la tessitrice e maestra di tessitura e filatura della lana, la giardiniera e ortolana, la cucitrice e ricamatrice, la mungitrice che cura anche tutti i nostri animali domestici. L'ultima che si è unita a noi è colei che plasma la creta e ne fa vasi e stoviglie, mestiere che ha imparato dal marito vasaio del quale è rimasta vedova. Siamo le piú anziane, qui giunte a diverse età e in diverse circostanze. Le altre, che avete visto svolgere vari lavori, vengono accolte quando bussano alla nostra porta, e possono andarsene quando vogliono. Non hanno nessun obbligo se non di avvertirmi quando se ne vanno. Io insegno a leggere a tutte quelle che lo desiderano. Qualche volta anche a scrivere, ma è molto piú difficile, perché le mani sono indurite dal lavoro, e non rispondono bene alla richiesta della mente. Solo le piú giovani riescono qualche volta a imparare.

Hadlaub aveva ascoltato con grande interesse la storia di Edburga e della gente della foresta.

– La mia vicenda – disse quando capí che la signora aveva terminato il suo racconto – è molto piú semplice e banale. Ero segretario del nobile signore Rüdiger Manesse di Zurigo, anzi lo sono ancora. Stavo bene nella sua casa, ero stimato anche come cantore d'amore, perché conosco molte poesie antiche e moderne, e le cantavo spesso accompagnandomi con la mia viola, quando la famiglia era tutta riunita per qualche festa. Io stesso compongo versi nei momenti liberi, piccole cose sul modello dei grandi maestri. Poi mi sono innamorato della loro figliuola, una dolce timida fanciulla di sedici anni, che ricambiava i miei sentimenti. Allora commisi il grave errore che mi costò il favore del mio signore, il quale tuttavia non mi scacciò dalla casa, non mi mosse nessun rimprovero, nessuna accusa. Trovò il modo di allontanarmi dignitosamente, affidandomi un compito assai onorevole, per un progetto che lui aveva in animo da molto tempo e per il quale io ero la persona piú adatta.

– Per questo siete stato inviato al convento di San Gallo a trascrivere le poesie antiche conservate in quella biblioteca?

– Sí, e ora dovrò proseguire verso il castello del conte di Liechtenstein e poi verso Passau e forse oltre. Là dovrebbe terminare il mio viaggio.

– Non dovete lamentarvi: il vostro signore vi ha trattato molto bene, forse tenendo conto della giovane età e delle vostre capacità. Quando tornerete a casa, tutto sarà dimenticato.

Hadlaub la guardò con gli occhi lustri di lacrime:

– Avete ragione. Io sarò dimenticato. Lisi, la mia innamorata, sarà sposata, forse già madre. Ma io non la dimenticherò mai. Non ho potuto neanche salutarla, non so neppure se abbia ricevuto il mio ultimo biglietto d'amore. Quando penso che forse crede che io non l'ami piú e l'abbia abbandonata, sento il mio cuore stringersi in una morsa di gelo. Forse è offesa per il mio allontanamento, per la mia partenza, della quale ho dovuto mostrarmi entusiasta, per l'improvviso silenzio che è sceso tra noi. Il mio cuore sanguina quando penso a lei...

– Vi posso capire. Ma per un motivo o per un altro nella vita ci vuol molto coraggio, molto piú che in battaglia. Però voglio dirvi una cosa: le donne, anche se giovani e inesperte, capiscono molto piú di quanto voi possiate immaginare, molto, molto di piú. State di buon animo e concentratevi nel vostro lavoro. Questa sera, dopo cena, ci cantereste una delle vostre canzoni? O di altri poeti che vi piacciono?

22. Il ritorno dei cacciatori

Apparvero nella corte quando già si faceva buio. Sui mantelli e sui cappucci c'era tanta neve che quasi non si distinguevano le sagome degli uomini da quelle degli animali. Solo quando i cacciatori se la scossero di dosso apparve chiaro che sulle groppe dei cavalli erano ammucchiate le prede della caccia. Subito uscirono due donne armate di fiaccole, aiutarono gli uomini rigidi per il freddo a smontare di sella, e condussero i cavalli nelle stalle per asciugarli e coprirli con le coperte.

Hadlaub, che guardava dalla finestra della stanza di Edburga, curioso delle prede che venivano portate nella cucina, colse lo sguardo di Adam levato verso qualcuno che stava accanto a lui: vi scorse il sorriso e il lampo degli occhi, e capí che al suo fianco una donna sorrideva felice al ritorno del suo uomo. Poi la nobile testa del cacciatore fu inghiottita dal buio perché le fiaccole erano state distolte. E si udirono i passi pesanti degli stivali che si allontanavano.

– Ora andranno a lavarsi e a mettersi panni asciutti, – disse Edburga, – poi saliranno da noi a raccontarci l'avventura di oggi. Devono aver fatto buona caccia, a giudicare dal peso che le sorelle portavano in casa.

E in effetti il bottino superava le migliori speranze: un cerbiatto trovato morente nella neve con una gamba spezzata e alle cui inutili sofferenze un colpo di pugnale aveva posto fine, un piccolo cinghiale al quale Adam dava la caccia da giorni perché pascolava tra i teneri cavoli dell'orto, infine alcune lepri e conigli selvatici sorpresi a rosicchiare i germogli appena spuntati sugli alberi e i cespugli. Alcuni erano stati catturati vivi.

– Di quei conigli selvatici, – disse Guilbert quando i due cacciatori salirono a salutare la signora del ricetto, – potreste tenere una coppia, un maschio e una femmina, e allevarli per la riproduzione. Vi garantirebbero carne fresca in ogni periodo dell'anno, e non è difficile renderli domestici. Si abituano facilmente alla cattività, purché abbiano spazio per correre e i piccoli siano tenuti al riparo dai maschi adulti. In casa Manasse li allevavano cosí, e in breve tempo si moltiplicavano al punto che occorreva mandarli a vendere al mercato.

Hadlaub ascoltava, stupito dalla sapienza di Guilbert che gli era sempre rimasta celata.

– Sí, – intervenne Edburga. – In alcuni monasteri vengono allevati conigli selvatici con buoni risultati e guadagni. Vi prego, scegliete voi stesso la coppia migliore per la riproduzione. Vedo che siete esperto anche di queste cose, non solo di caccia. Inoltre la carne di questi animali è ottima: darò ordine di scuoiarne subito alcuni e di metterli sotto la neve perché perdano il sentore di selvatico. Cosí avremo carne fresca per domani e pelli per il prossimo inverno. Questa sera dovremo accontentarci di carne secca. Ma vedrete che la nostra cuoca ne trarrà una pietanza deliziosa.

Era vero. La carne secca tagliata a piccoli pezzi e fatta rinvenire nel vino con tutti i sapori dell'orto, piú quelli che spontaneamente offriva la montagna d'estate, cotta poi nello stesso vino e con gli stessi sapori, aveva dato luogo a una vivanda squisita e fortemente speziata, in cui il profumo del ginepro emergeva prepotente.

Quindi le donne addette alla cucina introdussero gli ospiti nell'ampia sala del refettorio, resa accogliente e persino elegante da lucidi arnesi di rame appesi alle pareti e grandi mazzi di fiori secchi disposti sulla tovaglia in vasi di terracotta. Ma quello che piú amorevolmente accolse gli ospiti fu il grato odore delle vivande, che dalle nari scese nel cuore e ne scacciò, ove c'era, ansia e malinconia. Su alcuni taglieri erano disposte carni secche salate pronte per essere affettate col lungo coltello che vi giaceva accanto, insieme a salsicce e lardo affumicato la cui vista stuzzicò l'appetito di tutti, e in particolare dei cacciatori, nei quali immediatamente scomparvero fatica e stanchezza dovute alla cavalcata.

Adam non si sedette finché non vide Edburga prendere posto accanto a lui. Allora sedettero le donne e per ultimi Hadlaub e Guilbert. Subito però Adam si alzò e, impadronitosi di tagliere e coltello, affettò sottilmente il lardo e a lunghi pezzi la salsiccia, poi fece girare per la tavola il tagliere in modo che tutti si servissero a loro piacimento.

Tolte queste prime vivande, il centro del tavolo fu occupato da un grande paiolo di coccio staccato lí per lí dal camino, quel paiolo dal quale fin dalla mattina s'era diffuso il grato odore dominato dal ginepro. E, mentre Adam con un grosso mestolo riempiva i piatti dei commensali, Edburga spiegò:

– Questo è un cibo che cuociono i boscaioli, quando stanno mesi lontani da casa per fare il carbone con la legna. Partendo portano con sé una buona quantità di carne secca di animali diversi: questa è di cervo, credo. La tagliano a pezzetti minuti e la fanno dimorare nel vino con aglio, cipolla e tutte le erbe profumate che offre loro la montagna. Dopo un giorno e una notte cuociono tutto nello stesso vino in cui la carne ha ripreso spessore e con gli stessi aromi dai quali, dimorando a lungo e a lungo cuocendo lentamente, le carni traggono piú accentuato profumo e sapore. Questo facciamo anche noi quando non abbiamo carni fresche.

Tacque augurando buon appetito a tutta la tavolata. E gli ospiti novelli assaggiarono quella vivanda inusitata e appetitosa e ne trassero grande piacere. A tutti riscaldò stomaco e spirito sciogliendo nel contempo la favella, sí che i discorsi, lieti e sonori, s'intrecciarono da un capo all'altro della tavola. Venne servito nei bicchieri di coccio lo stesso vino in cui s'era dimorata la carne, e tutti mangiarono e bevvero in gioiosa amichevole allegria.

Finita la cena e tolte le stoviglie, Hadlaub fu pregato di dire una canzone, e il giovane, ripensando per contrasto alla tristezza dei refettori dei monasteri e all'obbligo del silenzio, si lanciò, accompagnandosi con la viola, in un antico canto conviviale latino, che parlava dei piaceri della tavola, del vino e della buona compagnia, un canto poco ortodosso, in cui uno di quei poeti vagabondi senza patria né padrone finge di fare all'oste di una taverna la sua confessione «in articulo mortis», felice di morire in quel luogo e tra le braccia di un amico in cui ripone tutta la sua fiducia.

Tutti risero di cuore alla divertente canzone, applaudirono il cantore, e andarono a coricarsi con l'animo sgombro da affanni e malinconie e il cuore ridente di allegria.

23. Il «processo d'amore»

Il giorno dopo si svegliarono col sole. Nella notte era spirato un certo vento che soffia d'improvviso tra i monti, se c'è neve la scioglie, e in breve tempo fa spuntare foglie e fiori dove prima erano arbusti rinsecchiti stretti nel ghiaccio. È il vento delle montagne che i latini chiamavano «favonio». Fonde le stalattiti di ghiaccio che pendono dai tetti, gocciole schioccano allegre sulle pietre della corte e le finestre si aprono per far entrare col sole il profumo della primavera.

I due viaggiatori, destatisi al canto degli uccelli, scorsero erba verde dove prima era la neve, e videro attorno al ricetto donne già intente a lavorare gli orticelli, e altre sparse nei prati circostanti che coglievano i teneri germogli del radicchio selvatico e li mettevano in una grossa cesta che stava in terra accanto a loro.

Avevano deciso di ripartire approfittando della bella giornata, ma furono distolti dalla calda preghiera di Edburga, che annunciava per la sera una cena di conigli selvatici, erbette fresche del prato, ma soprattutto la rappresentazione di un «processo d'amore».

Fu deciso che il «processo d'amore» si sarebbe tenuto prima di cena, affinché le persone che dovevano comparire sulla scena e tutti gli spettatori, finita la rappresentazione, potessero abbandonarsi al piacere del cibo e delle bevande senza nessuna preoccupazione.

I due viaggiatori ingannarono il tempo visitando, in compagnia della dispensiera, i locali di servizio, la macelleria con la vasca per la salagione delle carni, la cantina con le botti di vino e di birra, un locale sotterraneo piú piccolo dove si conservavano le verdure, parte fresche, parte in salamoia, e la frutta, che in quella stagione era costituita solo da mele avvizzite.

Salirono per una scala a pioli sopra i tetti spioventi, alcuni dei quali presentavano incavi che formavano scalini fino alla sommità. Di qui partiva una lunga corda di budello di bue tesa da un tetto all'altro: a quella corda erano agganciati lembi di carne messa a seccare al vento e pelli di animali che, accuratamente lavate e raschiate, sarebbero diventate coltri e mantelli per l'inverno. Di lassú i due viaggiatori poterono vedere i piccoli orti ricavati tra le rocce, e alcuni uomini che, con una grossa cesta in spalla, portavano terra ai coltivi per sostituire quella dilavata dagli acquazzoni.

Il suono di una campanella richiamò l'attenzione degli ospiti.

– È la signora che ci chiama, – disse la dispensiera, – tutto è pronto per la rappresentazione. Dobbiamo scendere.

E si avviò seguita dai due uomini.

Nella sala da lavoro, dove abitualmente si cuciva e si ricamava, era stata posta una cattedra alla quale già sedeva Edburga, affiancata da due donne.

– L'argomento che oggi si discute in questo tribunale è una questione che tutti interessa, uomini e donne, – disse la signora che sedeva in veste di giudice. – Cioè se dà maggior piacere l'amoroso incontro con un uomo d'armi oppure con uno di lettere, vale a dire con un cavaliere o con un chierico. La sorella che siede alla mia destra sosterrà la parte del cavaliere, quella a sinistra la parte del chierico. Quando in quest'aula sarà fatto silenzio, si darà avvio al dibattito.

Nella sala infatti si udiva un fastidioso brusio di panche smosse e di persone che si salutavano. I due viaggiatori notarono che erano presenti molti compagni di Adam nonché lui stesso, e quasi tutte le donne del ricetto. Prima di dare inizio al processo, una volta che il brusio fu cessato, Edburga aggiunse:

– Abbiamo la rara fortuna di avere tra noi un uomo di lettere, di quelli che volgarmente vengono chiamati chierici, messer Hadlaub, scrivano e poeta, che potrà portare la sua testimonianza. Si dia inizio al dibattito cominciando dalla mia destra: il patrocinio del cavaliere.

La donna che sedeva alla destra del giudice cominciò col sottolineare il fiero aspetto del cavaliere, rivestito di armatura e abile nel maneggiare tutte le armi. Quale fanciulla non sarebbe conquistata dalla presenza marziale di un tale personaggio?

La controparte rispose che spesso l'aspetto esteriore non corrisponde alla realtà interiore. Quanti cavalieri arditi all'apparenza nascondono un animo vile, capace solo di aggredire i piú deboli e gli indifesi? E quante donne hanno fatto esperienza sul proprio corpo della violenza di un vile armato di spada o pugnale?

Riprese la parola la patrocinante del cavaliere, dicendo:

– Lasciamo da parte i casi estremi, di uomini che conoscono solo l'uso delle armi e quelle sole adoperano. Questa è violenza e non amore. Io sostengo che un buon cavaliere sa deporre la sua bellicosità nel momento della tenerezza e usa la sua gagliardia per far contenta la sua innamorata. Allora le armi tacciono.

Tutti parvero approvare con cenni della testa quelle parole, mentre la signora faceva segno al patrocinatore di sinistra di prendere a sua volta la parola.

– Signori, qui si parla dell'atto conclusivo dell'incontro amoroso. E il corteggiamento? Chi sa corteggiare una donna meglio di un chierico, che conosce l'arte d'intenerire un cuore con canti e musica, con belle e tenere parole che predispongono l'animo della donna ad accettare la sua prossimità e il contatto?

– Anche i cavalieri oggi sanno essere talvolta poeti e musici, come può testimoniare il nostro ospite. Persino l'imperatore è stato cantore melodioso e amoroso.

– Lo riconosco. In qualche raro caso anche l'uomo d'armi, ai nostri giorni, può saper vincere con l'arte della musica e della parola l'animo di una donna. Ma superato questo primo approccio, quando l'innamorata gli cade tra le braccia, saprà carezzare con mano lieve, riconoscere i luoghi in cui la femmina ama essere vellicata, amoreggiare teneramente sí da farla godere, o non saran le sue carezze ruvide e pesanti per l'uso della spada, il suo corpo indurito dall'armatura, la mente rivolta piú alla forza che alla dolcezza? Vi prego, riflettete sulla differenza tra il godimento breve e intenso che può offrire l'uomo d'armi, e quello dolcissimo e protratto, in cui ogni gesto avvicina i due corpi al congiungimento, perfetto, ma lentamente, accrescendone il desiderio tra dolci parlari che nell'attesa si fanno mormorii senza senso, sussurri incomprensibili ma pieni di sentimento, finché i due corpi si fondono in un unico diletto. Infine l'atto d'amore si compie soddisfacendo corpo e anima nella quiete di un godimento perfetto in perfetta armonia.

Tutti applaudirono l'arringa in favore del chierico, con

tanta veemenza che la controparte non trovò argomento da opporre. La signora giudicatrice alzò la mano a chiedere silenzio:

– È chiaro da che parte pende la bilancia della giustizia. Ma prima di emettere una sentenza vorrei sentire il parere dei nostri ospiti. Prego, messer Hadlaub, parlate.

L'interpellato si alzò in piedi e, fattosi tutto rosso in viso, disse:

– La mia poca esperienza, della quale mi scuso, mi porta ad approvare la difesa del chierico, anche perché dell'altra parte non ho alcuna conoscenza e non posso fare nessun confronto.

Tutti approvarono, pur con qualche malizioso sorrisetto, le parole del poeta, conquistati dal suo sincero impaccio e dalla sua bella giovinezza. La signora diede poi la parola a Guilbert, il quale alzatosi e senza alcuna timidezza, esclamò:

– Signori, io sono un cacciatore, e quindi non appartengo né all'uno né all'altro genere. Però è possibile che, frequentando molto le selve per il mio mestiere, io sia un poco selvatico. Sceglierò il mio amico Hadlaub come maestro di seduzione amorosa, e d'ora in avanti seguirò i suoi consigli.

Tutti applaudirono ridendo il discorso del cacciatore. La signora emise la sentenza in favore dei chierici, che fu approvata dall'entusiasmo del pubblico, e il gioco si concluse tra l'allegria generale.

Allegria che accompagnò la cena e si spense solo al momento dei saluti. Hadlaub e Guilbert sarebbero partiti il mattino seguente, quindi presero congedo dagli uomini della foresta avviati ai loro rifugi.

24. Verso il castello di Liechtenstein

Si destarono presto i due amici, col primo sole del mattino, e non appena ebbero radunato le loro cose, si presentarono a salutare la signora. Ella li aspettava nel suo parlatorio tenendo in mano un grosso pacco avvolto in pesante tela grezza.

– È un rotolo di pergamene fatte da noi, – disse porgendolo al giovane scrivano, – le troverete un poco imperfette, perché non siamo ancora esperte nel trasformare le pelli di pecora in pergamena. Di solito ne facciamo mantelli e coperte, che in questi monti non sono mai troppe, ma recentemente è passata di qui una sorella che ci ha insegnato a rasarle con una lama molto sottile, raschiarle con pietra scabra e tenderle bagnate all'ombra dopo averle sbiancate con calce viva. Se avrete qualche difficoltà nella scrittura, spero che ci perdonerete. E quando le usate ricordatevi di noi.

Consegnato il rotolo al poeta, lo baciò sulle guance e si fece promettere che al ritorno avrebbero fatto sosta al ricetto:

– Troverete una sorpresa, – disse guardandolo con affettuoso sorriso –. Poi salutò Guilbert allo stesso modo, ma con diverso sorriso.

Scesi in cucina i due partenti fecero una robusta colazione, poi mentre già montavano a cavallo nella corte, giunse di corsa la dispensiera, seguita da due aiutanti con le braccia cariche di rotoli di salsicce, una cesta piena di pani e caci e un otre di vino. Tutto sparí nelle capaci bisacce da sella, e i due partirono nella brezza mattutina.

Particolarmente lieto era Hadlaub, che sapeva di portar legato dietro alla sella il prezioso rotolo di pergamene donatogli da Edburga: infatti nel monastero di San Gallo aveva trovato tanto materiale poetico da trascrivere che aveva riempito quasi tutte le pergamene dategli dal suo padrone. È vero che avrebbe potuto comprarne altre con le lettere di credito che portava legate alla cintura, ma non erano molti i luoghi dove si potevano acquistare, e non certamente nel castello di Liechtenstein.

Edburga aveva avuto cura di far accompagnare i due viaggiatori da uno degli uomini della foresta, che li precedeva a cavallo sul sentiero per indicare la via tra i monti e scortarli fino alla breve pianura che circondava il castello.

Mentre Hadlaub procedeva canticchiando senza un pensiero al mondo, Guilbert rifletteva che quella scorta era provvidenziale: finché non avessero raggiunto la strada maestra, non si sentiva per nulla sicuro tra rupi e foreste atte ad accogliere qualsiasi tipo d'insidia. Tendeva l'orecchio ai fruscii tra alberi e arbusti, cercando di distinguere movimenti innocenti di animali da altri assai piú pericolosi di uomini. Anche la loro guida era molto attenta ai diversi rumori, e a un certo punto si arrestò facendo cenno ai due di tacere.

In quel momento infatti emerse tra gli alberi un uomo a cavallo, che si fermò sul ciglio del sentiero, in silenzio. Allora parlò la guida:

– Sono ospiti della signora Edburga. Sono diretti al castello del conte di Liechtenstein. Se volete, di qui al castello potete scortarli voi.

L'altro fece cenno di sí con la testa, uscí sul sentiero e si mise a capo del piccolo gruppo. L'uomo che li aveva scortati fin lí, salutò e tornò sui suoi passi. La nuova guida, meno silenziosa della precedente, chiese ai due viaggiatori che cosa andassero a fare al castello del suo signore, rivelandosi cosí un dipendente del conte. Solo dopo che Hadlaub ebbe spiegato il motivo che lo conduceva a quella meta, ed ebbe fatto il nome di Rüdiger Manesse quale suo mandante, la guida spiegò:

– Questi monti sono pericolosi perché ospitano bande di briganti. È quindi necessario che tra un maniero e l'altro si stabilisca una rete di sorveglianza e tutti lo sappiamo. Il conte di Liechtenstein conosce madonna Edburga, il suo ricetto e il popolo della foresta, che protegge e da cui è protetta. Il mio signore dispone di tre guardie, una delle quali sono io, e per mezzo nostro impedisce agli estranei di avvicinarsi al castello, se non possono dimostrare chi sono e chi garantisce per loro. Voi potete stare tranquilli: io vi condurrò fino alla porta del maniero.

– Vi ringraziamo di cuore, – rispose Guilbert, sollevato dalla giusta paura che aveva nutrito finallora, – confesso che questi luoghi mi fanno una certa impressione...

La nuova guida rise alle parole del cacciatore:

– Avete ragione. Prima che i signori di queste residenze si accordassero per rendere sicuri sentieri e passaggi, era quasi impossibile viaggiare indenni per queste montagne, anche in tempo di pace, quando non sono in atto faide tra vicini. Fino a Passau in questo periodo non ci sono disordini, né liti tra signori né rivolte di contadini, ma i briganti ci sono sempre e sanno che devono evitare i percorsi sorvegliati da noi. Immagino che intendiate proseguire per Passau.

– Sí, – intervenne Hadlaub tutto stupito, – ma voi come lo sapete?

– La notizia del vostro viaggio, lo scopo e la vostra fama di letterato sono ormai noti in tutto il paese. Vi serve di salvacondotto e vi protegge da inconsulti assalti. Non si aggredisce un poeta per rubargli poemi e pergamene! – disse ridendo la guida.

– Meno male! – esclamò Hadlaub. – Io credevo che l'unico pericolo in queste montagne fosse il freddo. Non sapevo che le foreste fossero cosí infestate da banditi.

– Gente affamata, per la maggior parte, – disse la guida. – Ma anche cavalieri senza terra che non si adattano a entrare in un convento o a combattere per un padrone. Certo sono un poco diminuiti, da quando i predicatori itineranti dell'abate Bernardo li hanno convinti a prendere la croce e ad andare a cercare fortuna in Terrasanta.

– E la trovano questa fortuna oltre il mare? – chiese Hadlaub.

– Raramente. In genere là ammazzano e vengono ammazzati. Qualcuno riesce a rubare abbastanza per pagare un'imbarcazione che lo riporti a casa. Ma non sempre ci arriva.

– A causa delle tempeste di mare?

– Per le tempeste ma anche perché i marinai stessi a volte si trasformano in predoni. Se si accorgono che un cavaliere ha ammassato una discreta ricchezza, lo uccidono e lo buttano in mare. Poi si dividono il bottino.

Hadlaub rivolse uno sguardo pieno di stupore a Guilbert:

– Tu le sapevi queste cose?

– Certo. Le sanno tutti. Tranne i poeti, che della realtà vedono solo l'oro che splende e non il fango che la imbratta. Ma non angosciarti, Hadlaub! Le anime candide come te sono protette dalla fortuna! La vostra dea.

Tra questi conversari i cavalieri avevano percorso un buon tratto di cammino ed erano giunti dove le montagne divenivano morbide come colline e le foreste cedevano ai pascoli. Il mezzogiorno era passato da tempo e Guilbert cominciava a sentire un sordo languore in fondo allo stomaco.

– Il sole volge al tramonto. Che ne direste, amici, di fare uno spuntino con le provviste che ci hanno dato al ricetto?

Ma la guida non era di quell'avviso:

– Vedete la rupe che chiude la vista a occidente? Dietro c'è il castello. A quest'ora il vecchio sa già del vostro arrivo e vi sta aspettando con impazienza.

– Con impazienza? Perché? – chiese Hadlaub curioso.

– Per banchettare con voi! – rispose l'altro ridendo.

Aggirarono la rupe e, in un breve spazio aperto e piano, videro levarsi le torri del castello. Il giovane poeta le guardò affascinato, ma subito un dubbio lo colse:

– Avete parlato di un vecchio. È forse il poeta Ulrich, di cui conosco alcune canzoni?

– Sí, è lui. È il vecchio cantore d'amore. Ora non compone piú, ma possiede molti manoscritti, anche di altri poeti, gli piaceva averne molti, li comprava dove li trovava. Ha speso tutte le sue ricchezze dietro questa mania, e adesso ha appena di che vivere e dar da vivere alla sua gente.

– Allora troverò materiale da trascrivere! – esclamò Hadlaub tutto contento.

– Purché abbiate pergamene pulite... – aggiunse la guida titubante.

– Le ho, le ho, – ribatté l'altro con entusiasmo.

– E forse anche un po' di denaro perché, sapete, il mio signore è quasi in miseria.

– Ho lettere di credito che mi ha dato il mio padrone quando siamo partiti. Valgono come denaro sonante, cosí almeno mi ha detto.

– Bene, benissimo. Penso che non ci sarà nessun problema, né per trascrivere le pergamene antiche, né per il vostro mantenimento a corte tutto il tempo che vorrete.

25. Il vecchio Ulrico

Il castello colpí i nuovi arrivati col suo puzzo di fumo freddo e col gelo che vi regnava, piú crudo che all'esterno. Infatti passando da una camera all'altra si accorsero che tutti i camini erano spenti. Solo in una saletta, ben chiusa da una porta riparata da pesanti tendaggi, ardeva un fuocherello di sterpi. Un piccolo lume a olio illuminava una poltrona piena di pellicce sotto le quali non si scorgeva niente.

Da quel mucchio di pellicce si levò, preceduta da alcuni colpi di tosse, una voce sottile e roca:

– Se avete denaro e provviste, siete i benvenuti.

I nuovi arrivati ficcarono gli occhi nella semioscurità che il lume non riusciva a sconfiggere:

– Vi ringraziamo, signore, – rispose Hadlaub, incoraggiato da un piccolo movimento che agitava la montagna di coltri. – Abbiamo la fortuna di parlare con il conte Ulrico di Liechtenstein? Il famoso poeta d'amore?

– Sí, signori. Avete questa fortuna. E voi chi siete?

– Io mi chiamo Hadlaub, son cantore anch'io, ma il mio nome non vi è certo noto. Faccio da qualche tempo le mie prime prove in rima, e molto leggo e canto le opere dei grandi maestri come voi.

Disse queste ultime parole con scarsa convinzione, per adulare il vecchio, di cui aveva letto un lungo poema astruso che narrava imprese inverosimili compiute in nome della «servitú d'amore». Ma le sue lodi ebbero l'effetto di far uscire dalle coltri un berrettone di lana seguito da un volto scarno e rugoso, con un lungo naso affilato tra due occhi vivacissimi contrastanti con il resto della persona, quel poco almeno che si poteva vedere.

– E il vostro compagno, chi è? – chiese avendo notato la presenza di Guilbert con le bisacce da sella in mano.

– È il mio amico Guilbert, cacciatore di Messer Rüdiger Manesse, il nostro signore, che me l'ha assegnato come compagno e guida in questo viaggio.

– Oh, sí. Conosco il motivo del vostro viaggio, e potrò anche favorirvi con preziosi manoscritti della mia biblioteca. Se avete provviste, come arguisco dalle vostre bisacce, volete chiamare il mio servitore, quello che vi ha scortati fin qui, e dirgli di accompagnare il giovanotto in cucina, sí da poter preparare una cena calda? Ah, eccoti, Bert. Vuoi mettere un po' di buona legna nel camino per ravvivare la fiamma?

Poi, quando i due giovani se ne furono andati, rivolto al poeta, disse:

– Sedetevi, Hadlaub. Vi chiedo scusa per la povertà che regna in questo castello. Sono vecchio e solo, perché male, molto male, ho amministrato i miei beni, sperperando denaro quando tanto ne guadagnavo, perché io, sapete, ho ricoperto cariche pubbliche, anche molto importanti e ben retribuite. Avevo terreni coltivati e cantine piene. Invecchiando ho continuato a gettar via denaro in feste e in «corti d'amore», e non mi sono accorto che, come diminuivano le mie ricchezze, diminuivano gli amici e le belle donne. Quando me ne resi conto era troppo tardi. Ero vecchio, pieno di debiti e solo al mondo. Vivo con tre servi che mi sono rimasti fedeli e che dividono con me la mia miseria.

Quando morrò si divideranno la proprietà di questo castello e dei boschi tutt'intorno. Questo ho già scritto nel mio testamento.

– Avete avuto una lunga vita felice, – lo consolò Hadlaub, – e la vecchiaia viene per tutti. Non c'è rimedio.

– Certo. Ma io sono stato un folle, – lo contraddisse il conte, – spensierato e folle. Soprattutto imprevidente. La vecchiaia vien per tutti, avete ragione, ma proprio per questo si dovrebbe provvedere in tempo. Io non l'ho fatto. Sapete qual è stata la mia impresa piú grandiosa e pazza? Ve la racconto brevemente nell'attesa che i ragazzi preparino una buona cenetta.

Hadlaub sorrise e non disse nulla: di quell'impresa aveva sentito parlare come di esempio di grande stravaganza.

– Per «servitú d'amore» bardai riccamente il piú bel cavallo delle mie scuderie con drappi preziosi damascati in oro e argento, raccolsi una schiera di prodi cavalieri, anch'essi montati su bellissimi destrieri, e con loro traversai il mare e approdai sulla costa della bella città di Venezia. Di lí m'inoltrai nell'interno e mi battei in tutti i tornei che si facevano in quelle terre, sempre in nome di una dama, ma in realtà in servizio d'amore. Il «cavaliere d'amore», ero chiamato, e sempre riuscivo vincitore. Di torneo in torneo cresceva la mia fama, e tutto mettevo in versi, fuori guerriero e dentro poeta qual ero. Mi pare di sentire un profumino di salsicce arrosto. Vi dispiace seguire quella traccia, raggiungere la cucina e portare un boccale di birra e due bicchieri? Io non mi reggo piú tanto bene sulle gambe.

Hadlaub obbedí e tornò con ciò che il conte aveva chiesto. E con la notizia che in cucina si stavano effettivamente arrostendo rape e salsicce. Il viso del vecchio s'illuminò di piacere, una mano tremolante uscí dall'ammasso di pellicce e tentò di afferrare il boccale. Ma il giovane fu svelto a prenderlo e a riempire i due bicchieri.

– Grazie, – disse il conte con un mesto sorriso, – avrei rischiato di versarne fuori. Eh... questa mano ha retto tanto la spada, che ora è proprio stanca.

Mentre bevevano giunse Guilbert seguito dai tre servitori, ciascuno reggendo un vassoio: il primo con le salsicce arrostite alla perfezione dal cacciatore, poi le rape, infine piatti e bicchieri di peltro.

– Una volta vi avrei potuto offrire il vino delle mie vigne, ma ora non appartengono piú a me –. E con un sospiro il vecchio conte addentò una salsiccia.

Tutti mangiarono allo stesso tavolo: padrone, ospiti e servi. La cosa parve stupire Hadlaub e il vecchio se ne accorse.

– Ho preso questa abitudine perché non mi piace mangiare da solo, e qui non giungono mai ospiti. Sanno che sono povero e non troverebbero molto per sfamarsi. La nostra tavola di solito offre solo cavoli e rape, tranne quando uno di questi ragazzi riesce ad acchiappare qualche coniglio selvatico.

– Perché non cacciano qualche animale piú grosso, un cinghiale o un cervo per esempio? – chiese Guilbert meravigliato.

– Non ho mai insegnato loro ad andare a caccia. Neppure io sono mai stato un buon cacciatore, se non di donne... – aggiunse ridacchiando.

– Se ci ospiterete per qualche giorno, – intervenne Hadlaub, – se voi mi consentirete di trascrivere le vostre poesie e quelle degli altri poeti che avete raccolto, il mio amico Guilbert, che è provetto cacciatore, potrà insegnare quest'arte a uno dei vostri ragazzi, e anche a conservare le carni seccandole al vento. Se acconsentirete, naturalmente.

– Acconsento, acconsento! Bert è abile cavaliere e coraggioso, robusto anche. Potrebbe essere lui il compagno di caccia, mentre Rudi è bravo contadino, ama seminare e sarchiare, e vorrei che continuasse in questo suo mestiere. Abbiamo un bell'orto entro le mura, e un prato fuori per foraggio e pascolo dei cavalli.

– E il vostro terzo valletto potrebbe impratichirsi nell'arte della conservazione con sale e vento! – concluse Guilbert allegramente. – Domani andremo a caccia insieme, vero Bert?

Il giovane acconsentí con entusiasmo, e da quel giorno cominciò vita nuova nel castello addormentato nell'inerzia e nella noia. I due cacciatori partirono prima dell'alba. Rudi scese nell'orto a zappare la terra ancora morbida per la recente neve e Hansi, il terzo ragazzo, in attesa delle carni da salare e seccare al vento, pulí da cima a fondo il vecchio castello pieno di polvere e ragnatele. Hadlaub nella sala trascriveva il poema incredibile di Ulrich von Liechtenstein, sorridendo tra sé delle pazzie dell'autore. Il quale sedeva allo stesso tavolo avvolto nelle sue pellicce, dando segno di vita ogni tanto con un colpo di tosse o con un sospiro, o con un lieve russare quando si assopiva.

Lavorò alacremente, finché la luce che penetrava dall'alta finestra schermata d'alabastro glielo permise. Quando si attenuò annunciando il crepuscolo, Hadlaub si alzò e si affacciò alla finestra per godere il vasto panorama di prati e boschi che si stendevano ai piedi del maniero. Cosa nuova per lui, che non era mai stato in un vero castello, e non immaginava che potesse ergersi a quel modo su un dirupo scosceso assolutamente inaccessibile. Ricordò che, quand'erano arrivati, avevano aggirato la massiccia costruzione in pietra salendo un buon tratto a cavallo fino al ponte levatoio, ingresso unico e sicura protezione della dimora. Poi la lunga scalinata interna appoggiata da un lato alla parete rocciosa, e aprentesi alla fine in una serie di stanze e sale che costituivano la parte abitata della casa.

Da quell'osservatorio privilegiato vide i due cacciatori che tornavano lungo il sentiero in forte pendio, per poi scomparire alla vista dietro la costruzione.

«Ecco, – disse tra sé, – adesso attraversano il ponte levatoio ed entrano nella corte. Portano i cavalli nella scuderia, li asciugano del sudore, li coprono con le loro coperte e subito gli dànno acqua e fieno. Poi li sentirò salire le scale». Si sbagliava: le spesse mura di pietra assorbivano ogni rumore.

Stava ancora alla finestra assorto in questi pensieri quando udí le voci dei cacciatori alle sue spalle: entrarono festanti nella sala facendo fare un salto al mucchio di pellicce addormentato, risvegliato all'improvviso dalle grida di esultanza di Bert:

– Signore, guardate che meraviglia! – Con una mano teneva sollevato un fagiano azzurro, mentre con l'altra stringeva per le orecchie un coniglio selvatico.

Avevano ancora l'arco in spalla, e Guilbert reggeva con entrambe le braccia un giovane cinghiale vittima della sua imprudenza.

– Che c'è? Che succede? – gridò il vecchio Ulrico tutto sbalordito. Ma la vista che si offriva ai suoi occhi lo richiamò subito alla realtà, una realtà che gli faceva molto piacere.

– Bravi ragazzi! Bel lavoro! – E poi, rivolto al giovane Hadlaub che sorrideva in silenzio: – Potete fermarvi qualche giorno ancora? Vi apro la mia biblioteca, dove troverete poesie del grande Heinrich von Morungen e altri antichi maestri. Cosí quei due ragazzi potranno divertirsi a caccia ancora per qualche tempo.

Il poeta accettò volentieri e il vecchio non poté nascondere il suo entusiasmo.

– Bene, bene. E che cosa si cucina per questa sera? Il fagiano? – E si leccava le labbra pregustando il prezioso boccone tanto raro alla sua tavola derelitta, che sarebbe stato innaffiato con l'ottimo vino dell'otre donato da Edburga.

26. Commiato dal vecchio Ulrico

– Signore, non ho parole per ringraziarvi della vostra cortesia. Ho trovato qui da voi materiale prezioso, oltre al vostro poema stesso...

Il vecchio interruppe l'ospite con un cenno della mano:

– Vorrei dirvi, caro Hadlaub, prima che partiate, che forse non tutto quello che ho scritto è proprio vero. Sapete come siamo noi poeti, un po' raccontiamo e un po' inventiamo. E spesso noi stessi finiamo col credere a quello che abbiamo scritto.

– Fa parte del mestiere, – accondiscese il giovane, cortesemente.

– La storia della mia traversata del mare a cavallo, sinceramente, non ricordo piú se risponde a verità o se è tutta inventata. È passato tanto tempo!

– Anche se è inventata non cambia nulla. Il poeta non è uno storico, la realtà per lui può mescolarsi alla fantasia. Purché la storia narrata sia bella, e la vostra è bella, merita di essere ricordata e letta dalle genti che verranno e che amano i cantari d'amore e d'avventura. E il vostro nome non morirà con voi.

– Mi date una grande consolazione, giovanotto, e quando sarete tornato a casa dopo questo lungo viaggio, ringraziate da parte mia messer Rüdiger Manesse per questa sua impresa. E se nel ritorno doveste passare di qui, non trascurate di far sosta al mio castello. Io forse non ci sarò piú, ma ci saranno i tre ragazzi che avete conosciuto. Andate, adesso, perché Passau è lontana. Bert vi scorterà per un tratto, fino alla strada maestra. Addio.

Quando Hadlaub si chinò a baciare la mano del vecchio sentí una lacrima cadere sulle sue dita.

E partirono, scortati da Bert e salutati dagli altri due affacciati alle alte finestre sullo strapiombo. Si voltarono ad agitare la mano prima di entrare nel bosco, e cavalcarono lieti sullo stretto sentiero.

– Vi accompagnerò fino alla strada maestra, poi devo tornare indietro per essere a casa prima di notte. Seguite il corso del Reno fino al lago di Costanza. Se non troverete impedimenti potrete pernottare in qualche locanda o maniero presso il lago. Là vi insegneranno la via migliore per Passau, e vi diranno dove potrete far sosta.

Cavalcavano a trotto sostenuto tra gli alberi in germoglio, faggi e ontani, nell'aria fresca del mattino. La primavera aveva vinto la sua battaglia e tutto sbocciava intorno a loro, fiori sugli alberi e fiori tra l'erba. Hadlaub cantava in cuor suo una canzone nuova.

– Bert, – disse Guilbert, – adesso che hai imparato i rudimenti della caccia, non abbandonare l'abitudine di cercare le prede quando cavalchi attorno al castello per difenderlo da incursioni di banditi.

– Non dubitare, Guilbert, anche a me piace mangiare carne e non sempre cavoli e rape, e mi conforta aver la dispensa piena di salsicce e cosce di cinghiali. Pure il vecchio sembra rifiorito, da quando tu ci hai insegnato tante cose preziose. Non trascurerò nulla di quanto ho imparato da te.

– Poi ogni tanto puoi fare una vera battuta di caccia. Ma in questo caso non andare solo, porta con te uno dei tuoi compagni, nell'eventualità che trovi un cinghiale o un cervo, selvaggina grossa, che può essere pericolosa, e che non riusciresti a sollevare da solo.

Tra questi conversari, accompagnati dal silenzio di Hadlaub con la mente perduta tra rime diverse, giunsero alla strada maestra che scendeva lungo il Reno fino al lago di Costanza. Qui i due viaggiatori si separarono dalla loro guida. Bert aveva detto bene: cavalcando per quella via, facendo solo una breve sosta per mangiare e far riposare i cavalli, verso il tramonto pernottarono in una buona locanda sulla strada.

Ripartirono all'alba, ben forniti di viveri, seguendo le istruzioni dell'oste, che sapeva esserci nei pressi del lago la casa di un poeta un poco eccentrico, anche lui molto vecchio, del quale si raccontavano strane cose.

27. La casa di Tannhäuser

– Sai, – disse Guilbert mentre cavalcavano nella pianura verso il lago di Costanza, – Bert mi ha raccontato qualcosa di molto sorprendente sul suo padrone. Ha detto che lui e gli altri ragazzi molto probabilmente sono figli del conte, figli illegittimi avuti da una donna che viveva in casa come cuoca o domestica. E mi ha pure detto che il vecchio, secondo lui, non si è mai allontanato dal castello, e tutte quelle cose che ha scritto se le è inventate.

– Ti dirò che lo sospetto anch'io. Sono troppo stravaganti, impossibili. Come si può attraversare il mare a dorso di cavallo? Non è un fiume. Penso che il mare lui non l'abbia neppure mai visto. Solo quelli che sono andati alle crociate l'hanno visto, e nessuno di loro si sognerebbe di scrivere che l'ha attraversato a dorso di cavallo.

– Io ho attraversato qualche fiume sul mio cavallo, e ti assicuro che per farlo senza finire in acqua ci vuole molta bravura. E grande coraggio, – concluse Guilbert.

– I poeti han troppa immaginazione. S'inventano una bella storia e poi ci credono, come se l'avessero vissuta veramente. Ma un lettore attento capisce dove termina il racconto e incomincia la follia. Povero Ulrico! Salutandomi ha avuto il dubbio di aver esagerato e me l'ha detto quasi scusandosi.

Erano giunti sulla sponda di un grande lago poco discosto dalla strada maestra. Era l'imbrunire, e da un boschetto di ontani e faggi filtrava un lume. I due viaggiatori s'interrogarono con lo sguardo: era opportuno avvicinarsi alla casa illuminata per chiedere ospitalità? Poteva essere quella la casa del poeta Tannhäuser, di cui aveva parlato l'oste?

Decisero di tentare la fortuna. Entrarono nel boschetto e smontarono sul prato che circondava la casa, una solida costruzione in pietra e mattoni a un solo piano, sotto il quale s'indovinava una cantina. Non ebbero bisogno di bussare perché qualcuno, avendo udito rumore, si fece sull'uscio mentre i due legavano i cavalli a un tronco.

Era una donna di mezz'età e di bell'aspetto. Li salutò cortesemente chiedendo chi fossero.

– Siamo viaggiatori provenienti da Zurigo e diretti a Passau, che è ancora lontana. Cerchiamo ricovero per la notte, ma abbiamo con noi provviste per la cena, – disse Guilbert.

Hadlaub osservava incantato le fattezze della donna: il colorito olivastro e i grandi occhi rivelavano in lei una orientale, come il giovane sapeva dai racconti di chi era stato laggiú alle crociate o in pacifico pellegrinaggio. Erano i colori delle donne di Palestina.

– Permettete che avverta il mio signore, – si scusò cortesemente, e rientrò in casa lasciando la porta aperta. Riapparve tosto e, facendo loro cenno di entrare:

– Il mio signore dice che siete i benvenuti. Entrate e attendete che finisca di scrivere certi versi. Poi vi riceverà come si conviene. Intanto dissetatevi e vogliate provvedere ai vostri cavalli, perché noi non abbiamo scuderie.

I due giovani obbedirono e, dopo aver dato da bere e da mangiare alle cavalcature, averle asciugate del sudore e coperte, seguirono la donna nella casa. Sul tavolo della cucina era pronto un boccale di birra con due bicchieri di peltro.

Bevvero con immenso piacere la birra fresca di cantina, perché erano assetati per la lunga cavalcata sotto un sole che, nella pianura, già aveva la forza dell'estate.

Ricomparve la donna e li introdusse in una sala dove a un tavolo centrale sedeva il padrone di casa davanti a dei fogli di pergamena.

– Benvenuti nella mia dimora: sono il signore di Tannhaus e mi chiamano Tannhäuser.

Hadlaub sorrise felice:

– Sono lieto di conoscervi di persona. Conosco a memoria la vostra *Canzone di Puglia* e l'ho cantata piú volte. È bellissima perché ha il sapore delle cose vere, vissute. E l'arte dei versi ne accresce l'espressività. Sono in viaggio proprio per trascrivere quello che voi mi permetterete –. E s'inchinò al vecchio poeta, subito imitato da Guilbert. – Mi chiamo Hadlaub, sono anch'io compositore, ma alle prime armi e certo il mio nome non vi è noto.

E raccontò per quale scopo viaggiasse con un compagno di castello in castello, di monastero in monastero nelle terre dei «cantori d'amore», per incarico del suo signore, Messer Rüdiger Manesse di Zurigo.

Tannhäuser si alzò con qualche fatica dal suo seggiolone. Ma quando fu in piedi e si presentò eretto al suo interlocutore, questi poté constatare come l'età non avesse deformato il bel corpo asciutto del vecchio cavaliere, né avesse diradato i lunghi capelli bianchi che gli scendevano fino alla base del collo. Il poeta guerriero appariva ancora nella dignità del vecchio signore.

– Prego, – disse, – sedetevi entrambi al mio tavolo da lavoro, intanto che Alial ci prepara la cena.

Chiamò la donna con voce dolce, non come si chiama una servente, e le chiese di portare birra e bicchieri.

– È venuta con me dalla Palestina, quando sono tornato dalla crociata del mio imperatore, il secondo Federico. Mi è compagna nei miei ultimi anni di vita. Perché sono molto vecchio, sapete? Forse vicino agli ottant'anni.

– Vi assicuro che il vostro aspetto vi smentisce, siete dritto come un abete, – osservò Hadlaub con sincera ammirazione.

– Ma il passo non è piú fermo. Vedete? Ho bisogno di sorreggermi con un bastone. E pensare che ho percorso tante volte la strada che da qui porta in Puglia al seguito del mio imperatore, tante che non saprei neppure contarle.

Mentre parlava si era lasciato andare sul suo seggiolone celando la fatica di reggersi in piedi.

– Voi avete attraversato anche il mare per andare in Terra Santa. Vi ammiro moltissimo.

– Non dovete ammirarmi per quel viaggio, non ero crociato per entusiasmo cristiano, ma per obbedire al mio signore. E di tutta quella vicenda l'unica cosa bella è Alial. Il resto fu inutile carneficina. Del viaggio per mare poi non vi dico: paura nelle tempeste, caldo insopportabile nelle bonacce, durante le quali il pane ammuffiva, il vino inacidiva e la carne diveniva rancida. Fu in quel viaggio che scrissi la *Canzone di Puglia*, per dire la mia nostalgia di quella dolcissima terra.

– E ora? Ho visto che scrivevate, quando siamo arrivati.

– Ora, alla fine della mia stagione, voglio lasciare un ricordo delle sofferenze per mare, del vino acido, del pane muffito, delle tremende tempeste che hanno rischiato di travolgere la nave. Questo scrivo nei miei ultimi giorni.

– Voi vivrete ancora a lungo, – disse Hadlaub convinto. Ma fu interrotto dalla comparsa di Alial che li invitava a tavola.

Vedendo come il vecchio poeta faticosamente si levava in piedi, il giovane poeta gli si avvicinò per aiutarlo. Tannhäuser lo allontanò con un gesto della mano e, appoggiato al suo lungo bastone, si mosse lentamente verso la sala in cui era approntata la tavola per la cena. Nel mezzo, un bel candelabro acceso illuminava tutto l'ambiente.

Infatti, mentre gli uomini chiacchieravano nello studio del poeta, le ombre della sera avevano offuscato i contorni delle cose. Per contrasto, la sala appariva splendente di luce.

Quando furono tutti seduti, Alial portò in tavola una grande terrina calda in cui, sopra uno strato di semola condita con olio, verdure e spezie, si vedevano torreggiare pesci, crostacei e molluschi dalle diverse valve.

– Alial, – disse il padrone di casa mentre la donna serviva nelle piccole terrine a ogni commensale semola, verdura e pesci, – pesta con le sue mani il frumento per fare questa semola di grana piú grossa della farina per il pane, e poi la cuoce a lungo sul vapore che proviene da un paiolo pieno di acqua bollente. È un uso della sua terra, che lei ha voluto conservare per me. I pesci vengono dal lago e dai torrenti che lo alimentano. Spero che questa vivanda vi sia gradita. Alial, ti prego, siedi e mangia con noi.

I due ospiti, avvezzi alla rustica cucina di Guilbert e dei suoi aiutanti, a base di selvaggina e carne secca, trovarono squisito quel pranzo esotico con i pesci tutti accuratamente privati delle lische, i crostacei ancor chiusi nei rossi gusci e i molluschi adagiati nelle loro valve aperte. Ne fecero mille complimenti alla bella donna, che li accettò sorridendo con grazia.

Il cibo fu accompagnato, anziché con birra, con un vino leggero e chiaro, che gli ospiti bevvero con molto piacere soprattutto per la lunga astinenza.

– Alial, ti prego, bevi anche tu. La tua religione lo proibisce, e con ragione, perché la terra dei tuoi padri è dominata da un sole cocente e il vino, là, farebbe molto male. Ma in questa terra il sole non brucia col suo ardore. Bevi con noi e mi farai contento.

Cosí dicendo Tannhäuser s'era levato in piedi e alzava la coppa guardando negli occhi la sua donna. Hadlaub versò vino nel bicchiere di Alial ed ella lo sollevò guardando negli occhi il suo signore e, ringraziando, bevve un sorso.

28. Il giardino di Alial

Il mattino seguente il sole splendeva trionfante, moltiplicato dal riflesso del lago, placido e tanto vasto che non se ne vedeva la riva opposta. Alial condusse gli ospiti nel giardino che dal retro della casa scendeva verso l'acqua, un giardino ampio, non recintato, luminoso e ricco di belle piante fiorite.

– Non ho mai visto un giardino cosí bello, signora! – esclamò pieno di ammirazione il giovane poeta. – Nemmeno quello del mio signore, sulla riva del lago di Zurigo è cosí fiorito e luminoso!

– Il vostro è un lago chiuso tra le montagne che incombono tutt'intorno. Questo si estende verso la pianura, i monti sono lontani abbastanza da permettere il benefico influsso dell'acqua. È come un piccolo mare. Per questo ho portato semenze dalla mia terra, che giace sulle rive del mare e ha un clima dolcissimo.

– Vedo delle piante che mi son del tutto sconosciute, – continuò il poeta. – Quell'arbusto dalle foglie lucenti e dai fiori rossi a calice, splendidi, come di vetro colorato...

– È un ibisco, una pianta che vuole un clima mite, senza geli prolungati. Nel mio paese è molto comune, qui invece d'inverno, quando comincia il freddo, devo avvolgerlo nella paglia, fargli una specie di piccola capanna intorno. Ci sono altre piante di ibisco, qui vicino al muro, vedete, dove sono riparate dal vento, perché anche il vento è loro nemico.

Una parte del giardino si apriva infatti tra due ali laterali della casa, sí da formare uno spazio riparato rivolto a occidente, che riceveva la brezza del lago, ma non il vento di tramontana. Qui i due giovani furono colpiti da un profumo dolce e intenso, che non proveniva dagli ibischi, ma da un timido rampicante tutto aggrappato ai mattoni della costruzione. Tra le foglie pendevano piccoli grappoli di fiori bianchi, modesti nell'apparenza ma ricchi di quel profumo che tutti gli altri vinceva.

– È il gelsomino, – spiegò Alial sollevando con una mano uno di quei grappoli, – una pianta che nella mia terra nasce persino selvatica. Anche di questa ho portato i semi. E laggiú, vedete quegli alberi bassi, poco piú alti di un cespuglio? Con radi fiori rossi che spiccano tra il verde tenero? Sono melograni, simbolo d'amore e di fortuna. Da ogni fiore matura un pomo dai bellissimi colori sfumanti dal giallo al rosso. Quando la dura scorza si apre, appaiono all'interno chicchi color rubino molto belli a vedersi ma di sapore fortemente asprigno. Da noi si usa mangiarli canditi in una polvere dolce che si estrae da una certa canna.

Cosí conversando scendevano per un sentiero tra verdi praticelli punteggiati di piccoli fiori primaverili, cespugli di rose appena in boccio, piante da frutto di ogni tipo, già sfiorite e pronte a fruttificare, e a spalliere di viti tenute alte da olmi frondosi.

– Da queste viti il mio signore trae quel vino che avete bevuto ieri a sera –. Poi sorridendo si corresse: – Che abbiamo bevuto.

Mentre diceva queste parole i due giovani poterono notare sul viso della donna un lieve rossore che quasi lo schiariva. E si avvidero, alla luce del sole, che aveva occhi chiari, tendenti al verde, con riflessi cangianti. Essendosi accorta della loro ammirazione, quasi a porvi fine, la donna continuò:

– Coltivo personalmente il mio giardino. Solo quando occorre far salire l'acqua dal lago per immetterla nei canaletti d'irrigazione, mi faccio aiutare da un garzone del vicinato. Vedete quell'apparecchiatura là sulla riva? È una noria. Ora è bloccata. Quando la si sblocca, il vento fa girare le pale e un ingranaggio, simile a quello dei mulini, fa salire l'acqua che va a riempire una cisterna, dalla quale si estrae come da un pozzo. Ma questo è necessario solo nei periodi caldi e secchi, che qui sono rari. Piove spesso, in riva al lago. Permettetemi ora di lasciarvi soli: il mio signore forse ha finito di scrivere e ha bisogno di me.

E si allontanò verso la casa facendo ondeggiare graziosamente la lunga veste bianca di lino che dalle spalle scendeva fino alle caviglie non trattenuta in vita da cintura alcuna, aprendosi verso il fondo come corolla di fragile campanula.

I due rimasero a guardarla mentre spariva in casa, dalla quale ricomparve poco dopo accompagnando, quasi sostenendolo, il vecchio poeta. Si diressero a una rozza tavola nella parte piú riparata del giardino, dove Tannhäuser sedette su un largo scanno di legno pieno di morbidi cuscini. Fece cenno agli ospiti di raggiungerlo e sedersi sulle panche a lato del tavolo.

– Qui mangeremo oggi, perché il tempo è bello e l'aria tiepida, senza vento. Il vento mi fa dolere le ossa, e pensare che quando ero giovane amavo l'aria salsa del mare che spruzzava il viso e bagnava le vesti. Stavo sulla prua della nave che mi portava in Palestina, sotto le vele agitate dal vento, senza pensare che un giorno il mio corpo avrebbe ceduto alla fatica... o alla vecchiaia.

Poi, volgendosi al poeta:

– Hadlaub! Mio giovane amico! Sto mettendo in versi le memorie di quei tempi, il ricordo dell'infausto viaggio in Terrasanta. Forse mi appare adesso piú infelice di quanto non sia stato allora, perché lo vedo attraverso il velo scuro degli anni e rifletto sulla sua vanità. Ne scorgo solo gli aspetti deteriori, la fatica, l'orrore delle battaglie, l'inutile violenza. Il mio imperatore, il secondo Federico, non voleva compiere quell'assurda guerra, ma vi fu costretto dal papa che lo minacciava di scomunica. Era un signore saggio, il mio imperatore –. E tacque, immerso nei ricordi.

Poi parve risvegliarsi e disse:

– Mio giovane amico, se volete cominciare a trascrivere oggi stesso le mie poesie, sono tutte a vostra disposizione. Possiamo lavorare al medesimo tavolo: voi trascrivendo i miei versi giovanili, io componendo i miei ultimi versi della vecchiaia. Avete pergamene nuove?

29. La poesia di Tannhäuser

Cominciarono quel pomeriggio, dopo una breve siesta, il loro lavoro, seduti allo scrittoio del vecchio poeta, silenziosi al punto che si udiva lo scricchiolio delle penne d'oca sulle pergamene.

Intanto Guilbert prese i due cavalli, montò il suo, tenne l'altro per le briglie, e li condusse a fare una tranquilla passeggiata in riva al lago. Pensava a come occupare il tempo nei giorni che avrebbero trascorso nella dimora del poeta, forse non pochi. Incontrò un giovane avviato verso la casa:

– Che bel cavallo! E che sella elegante! – osservò ammirando quello senza cavaliere.

– Appartiene al giovane signore che accompagno e che è ospite là, – disse Guilbert indicando la casa di mattoni rossi.

– La casa del poeta! Mi permettete di montarlo?

Fu cosí che il cacciatore fece conoscenza col giovane che aiutava Alial nella cura del giardino: trovò il modo d'impiegare il tempo associandosi a lui nel suo lavoro e, qualche volta, andando a caccia insieme. Fece un arco per il suo nuovo amico e gl'insegnò i rudimenti della caccia. Il giovane in compenso si prese cura dei due cavalli facendoli ricoverare nella grande stalla di una vicina locanda e strigliandoli tutte le mattine. Cosí piacevolmente per tutti trascorse il tempo che Hadlaub impiegò a trascrivere le opere di Tannhäuser.

Ogni tanto i due poeti si alzavano dal tavolo di lavoro per fare una breve passeggiata in giardino, e il vecchio alla fine accettava volentieri di sostenersi al giovane. Quando il tempo era bello camminavano fino a una panca di legno in riva al lago, e lí chiacchieravano amichevolmente. Un giorno Tannhaüser disse all'altro:

– Hadlaub, siete giunto a quelle strofe dove io mi vanto di aver fatto un patto col diavolo per godere i favori di Venere?

– Sí, proprio ieri trascrissi quei versi, – rispose il giovane arrossendo, – e volevo giusto chiedervi se la cosa è andata a buon fine, ma non ho osato.

Tannhäuser rise sonoramente. Poi, guardando il suo interlocutore con occhio malizioso, aggiunse:

– Intendete dire se sono riuscito a godere l'amore di Venere? – E dopo un'altra grande risata: – Figliuolo, se avete trascritto le poesie del conte Ulrico dovreste aver imparato che i poeti raccontano molte frottole. Per quanto mi riguarda, non ho mai incontrato il diavolo e dubito persino che esista, e nemmeno Venere. Però devo dirvi che quando vivevo in Puglia, alla corte del mio imperatore, sono stato oggetto di magie piú di una volta: le chiamano «fatture», e sono opera quasi sempre di vecchie donne che vivono miseramente in povere casupole. È una terra di streghe, la Puglia, ma una bellissima terra, dove ho vissuto i giorni piú felici della mia vita –. Fece una pausa, lo sguardo perduto sul lago, riandando vecchi ricordi. Poi riprese: – Ero giovane allora, e di animo focoso. Quello che ho scritto inventandolo, lo avrei fatto veramente, se solo fosse stato possibile. Ma nonostante l'atmosfera magica che circola in quelle terre, ho dovuto sempre accontentarmi dell'amore di donne in carne e ossa, umane, che però, credetemi, sono molto piú amorose delle dee inventate dagli antichi. Ah! Le donne di Puglia!

E con queste parole la sua mente si smarrí nei ricordi. Hadlaub non osò interrompere quel sognare a occhi aperti, e tacque.

Furono richiamati alla realtà dall'arrivo di Guilbert, che tornava dalla caccia insieme al garzone di Alial. Tenevano per le zampe posteriori un capriolo, giovane ma pesante, come appariva dallo sforzo che facevano i due per tenerlo sollevato dal suolo.

– Che bello! – esclamò Hadlaub.

A quel grido il vecchio poeta si riscosse dal suo divagare:

– Bello e giovane! Dev'essere tenero al punto giusto. Venite a far festa con noi, Peter, quando Alial giudicherà che sia ben frollato per essere messo allo spiedo.

– Grazie, signore, – rispose inchinandosi il ragazzo di cui Hadlaub udiva per la prima volta il nome. – Siccome è molto grosso, sarebbe bene conservare le cosce posteriori salate e seccate al vento, e forse anche qualche altra parte che si può tagliar via dalla nuca, come si usa in queste terre.

Ma Tannhaüser era di nuovo prigioniero dei suoi ricordi:

– Quante volte sono andato a caccia nei boschi di Puglia! E quando tornavamo al piú vicino paese, io e la mia brigata, tutte le donne ci venivano incontro festose e subito imbandivano un banchetto, e sedevano a tavola con noi, e bevevamo tutti insieme il vino generoso di quei luoghi. Mentre si attendeva che la selvaggina fosse arrostita, si mangiavano certi caci saporitissimi, persino piccanti, con noci e pane. Anche il pane laggiú era buonissimo! – E dopo una pausa in cui apparve assorto, aggiunse: – O forse è il ricordo che me lo fa apparire piú buono?

Alcuni giorni dopo il capriolo fu arrostito allo spiedo,

privato di quelle parti che Peter aveva giudicate adatte a essere conservate, accuratamente spellato dal medesimo garzone, il quale si prese anche cura di girare lo spiedo e spruzzare la carne con un ramo di alloro intinto nel vino. Dopo ore di lenta cottura, il capriolo fu adagiato su una tavola di legno, ben pulito e recato ai signori con aria trionfante. Questi, già seduti ai loro posti, lo accolsero con grandi lodi. Peter afferrò il coltello da scalco e cominciò a tagliare alcune fette dalle parti piú carnose e tenere: quella meglio arrostita la pose davanti ad Alial e la ridusse in minutissimi pezzi che lei poteva prendere con le mani e portare alla bocca. Lo stesso servizio rese poi al vecchio poeta e al giovane. Lasciò invece che Guilbert disossasse con il suo pugnale la parte che aveva davanti e la stessa cosa fece lui. Al centro della tavola stava una pila di pani tondi e bassi alla moda araba: Alial ne prese uno e lo spezzò in tante parti quanti erano i commensali.

Tannhaüser fece per sollevare la brocca, ma lo sforzo era tanto evidente che Hadlaub lo prevenne e riempí i bicchieri di un vino scuro e spesso il cui profumo inebriò tutti.

– Vino di Puglia! – rise il vecchio poeta levando il bicchiere in un primo brindisi.

– Vino di Puglia? – chiese stupito Hadlaub, restando con il bicchiere a mezz'aria. – Com'è possibile?

– Assaggiatelo, amico, se non mi credete, assaggiatelo e ditemi se mai avete bevuto qualcosa di simile nelle pallide terre in cui vivete.

Il giovane portò il bicchiere alle labbra imitato da tutti gli altri e sentí il calore diffondersi nello stomaco accompagnato a un aroma intenso che gli era del tutto sconosciuto. Guardò il vecchio con aria interrogativa e chiese:

– Com'è possibile che voi abbiate qui, a sí grande distanza, il vino di quelle terre benedette da Dio?

– Eh... figliuolo! È pur vero che i poeti non fanno miracoli, come possedere l'amore di Venere, ma esistono alcuni piccoli, modesti prodigi ai quali possono arrivare, e senza uso di magia.

Guardò Hadlaub con occhi maliziosi e, di fronte allo stupore dell'amico, proruppe in una gran risata, mentre Alial sorrideva dolce e misteriosa.

30. Alla corte del vescovo di Passau

Lasciarono la casa di Tannhaüser sul finire dell'estate, per fare il lungo viaggio verso Passau con la frescura d'autunno e prima dei rigori dell'inverno. Cavalcarono molti giorni senza incontrare né ostacoli né avventure: la strada che dal lago di Costanza portava a quella città era molto frequentata da mercanti e genti varie, ben fornita di locande dove alloggiare comodi e sicuri. Per evitare di farsi sorprendere dalla notte ancora in viaggio, s'informavano da una locanda all'altra sul cammino e sulla distanza, in modo da giungere al riparo prima di sera.

Cenavano, e poi si sedevano all'aperto davanti al loro alloggio chiacchierando fino a notte. I loro discorsi riandavano alle avventure trascorse, ai momenti belli e alle paure vissute, alla casa di Tannhaüser dove avevano soggiornato molti giorni felici ospiti di quel gran signore che si era dimostrato il vecchio poeta. Era sempre presente alla loro memoria l'atmosfera quieta e l'alone di mistero che pareva avvolgere quella casa e i suoi abitanti.

A un tratto si trovarono a costeggiare il corso del Danubio, che scorreva a destra della strada, e giunsero a un punto in cui il grande fiume, placido e maestoso, riceveva il suo affluente Inn ancora spumeggiante di gioventú.

– Siamo a Passau! – esclamò Guilbert. – Cioè, molto vicini. La città deve trovarsi poco oltre la confluenza di questi due fiumi –. E dopo aver riflettuto alquanto: – Ma veramente la corte di Passau è retta da un vescovo?

– Sí, – rispose distrattamente Hadlaub, rapito nell'ammirare la corrente turbolenta dell'Inn.

– Sarebbe come dire un prete? – insistette l'altro.

Hadlaub si riscosse e guardò il compagno:

– Un vescovo non è solo un prete, può essere anche un principe. Il vescovo di Passau è un principe. E la sua è una corte principesca, anche se retta da un ecclesiastico.

– Temo che non mi piacerà. Dovremo assistere a un mucchio di funzioni religiose, in refettorio mangiare in silenzio, guai a chi parla, guai a chi ride... Siamo stati tanto bene finora. Perché andar a cercare proprio un vescovo?

– Perché il signor Manesse mi ha dato una lettera di credito per lui. Siamo senza soldi, li abbiamo spesi tutti nelle locande, e io non ho piú pergamene. E poi nella biblioteca di Passau spero di trovare le opere dei poeti piú moderni, di Walther von der Vogelweide, per esempio. Su, cerchiamo il palazzo del vescovo. Vedrai che non è un convento.

Erano entrati in città e non fu difficile, tra le basse case di mercanti e artigiani, scorgere un palazzo emergente per altezza e bellezza.

– Ricordati di inginocchiarti quando saremo presentati a lui, e di baciargli la mano.

– Che cosa devo fare? – chiese Guilbert tutto indispettito. – Perché dovrei baciargli la mano?

– Fa' quello che faccio io e non brontolare.

Giunti ai piedi di una bella scalinata furono fermati dalle guardie, alle quali Hadlaub presentò la lettera per il vescovo, e furono lasciati passare. Smontarono e legarono i cavalli a certi anelli di ferro infissi nel muro a lato della scala. Poi vennero introdotti da una delle guardie in un ampio vestibolo, dove furono presi in consegna da un'altra guardia che li condusse fino alla porta dello studio di monsignore. L'accompagnatore andò ad annunciare il loro arrivo, scomparendo dietro una tenda di velluto cremisi.

L'attesa si protrasse abbastanza a lungo e già Guilbert dava segni d'impazienza:

– Non abbiamo neanche sistemato bene i cavalli, poveretti! Li abbiamo lasciati legati a un anello di ferro. Che accoglienza barbara!

Hadlaub fece appena in tempo a fargli cenno di tacere che la tenda di velluto cremisi si mosse per lasciar uscire un religioso dalla lunga tonaca nera di taglio elegante. Venne verso di loro e disse:

– Monsignore vi attende –. E si scostò per farli passare.

Hadlaub si aspettava un vecchio prelato con pancetta prominente, come quello visto nel monastero dov'era stato allevato, visto per altro una sola volta, quando gli aveva chiesto se era contento di diventare un fraticello come gli altri. Non aveva risposto nulla, per l'emozione che gli chiudeva la gola, ma soprattutto perché non sapeva, allora, che altro sarebbe potuto diventare.

Invece si trovò di fronte a un bel signore brizzolato, alto e asciutto, che non vestiva neppure la tonaca, ma un elegante giubbotto di pelle lavorata, dal cui scollo usciva una candida camicia di seta. Sul petto gli pendeva una croce d'oro e all'anulare della mano destra portava un grosso anello con una pietra violetta. Stava in piedi, voltato di spalle, e guardava fuori da un'alta e stretta finestra. Si girò quando li udí entrare. Aveva in mano la lettera scritta da messer Manesse per lui.

– Siate i benvenuti, – disse restando in piedi. Poi, fissando lo sguardo su Hadlaub, soggiunse: – So che siete in viaggio per incarico del vostro signore, il nobile Manesse di Zurigo, per trascrivere le poesie d'amore che troverete, al fine di conservarle in un unico grande codice. Qui avrete abbondante messe per il vostro lavoro perché io, Wolfger, come i miei predecessori, ho sempre avuto cura di raccogliere quanto ho potuto, e molti poeti sono passati alla nostra corte. Sapete che anche l'autore del grande *Cantare dei Nibelunghi* ha lavorato qui?

– Ne avevo sentito parlare, monsignore, – rispose il giovane inchinandosi, e stava per aggiungere qualcosa quando il vescovo riprese a parlare:

– Chi è il vostro compagno? Il cacciatore che il signor Manesse vi ha dato per guida e scorta?

– Mi chiamo Guilbert, – rispose l'interpellato. – Al vostro servizio, monsignore.

– Bene, bene. Ho molta gente al mio servizio, ma neppure un buon cacciatore. Approfitterò della vostra compagnia, nel mio tempo libero, mentre il vostro amico siederà a fare il suo lavoro. Finalmente potrò permettermi qualche bella cavalcata. I dintorni della città sono bellissimi in questa stagione, ora che gli alberi conservano i colori dell'autunno.

Fu cosí che i due viaggiatori trascorsero il resto di quella stagione e tutto l'inverno ospiti del vescovo di Passau, mangiando alla sua tavola come vecchi amici e sfuggendo ai disagi del freddo. Non mancavano mai argomenti di conversazione, né con Hadlaub, con il quale il prelato discorreva a lungo di poesia, né con Guilbert, con cui si intratteneva piacevolmente su avventure di caccia. Solo quando era in visita qualche ecclesiastico venuto per discutere questioni riservate, i due amici erano costretti, con adeguate scuse e giustificazioni, a mangiare soli nella loro stanza, dove venivano serviti come alla tavola del vescovo. Fu un lungo periodo di quiete, in cui Hadlaub poté trascrivere molte poesie, rifornirsi di pergamene e cambiare le lettere di credito che gli aveva dato il suo signore.

Guilbert uscí spesso a caccia con il vescovo, che si dimostrò ottimo cavaliere, in compagnia di due cani addestrati a stanare la selvaggina e a riportarla, quando si trattava di animali piccoli come lepri o fagiani.

– Sai che cosa ti dico? – confidò Guilbert un giorno all'amico. – Io questo vescovo lo vedrei meglio con spada e cotta di maglia di ferro, che in veste di religioso.

Qualche volta infatti i due amici avevano assistito nella cattedrale a cerimonie officiate dal vescovo Wolfger, ed erano rimasti sorpresi vedendo come il loro ospite si trasformasse nell'esercizio delle sue funzioni religiose, servito da uno stuolo di prelati e col capo coperto dalla mitria. Se non avessero saputo che era la stessa persona con la quale sedevano a tavola tutti i giorni, la stessa che Guilbert seguiva in cavalcate a volte irruente, non l'avrebbero riconosciuto.

– Lo preferisco abbigliato da cavaliere, – sentenziò Guilbert un giorno uscendo dalla cattedrale di Passau dopo una funzione solenne.

– Guilbert, spero che avrai l'accortezza di non andare a dirglielo.

– Perché? Credi che si offenderebbe? – ribatté candidamente il cacciatore.

31. Il racconto del vescovo Wolfger

Un giorno, a tavola davanti a un delizioso piatto di pernici cucinate con grande raffinatezza dal cuoco del vescovo, questi cominciò a raccontare:

– Dovete sapere che anni addietro, quando io servivo in questa curia in qualità di segretario, benché fossi giovanissimo, un parroco, che era nostro ospite e che volle rimanere anonimo, compose un grande bellissimo poema in cui narrava una leggenda dell'antico popolo burgundo e la guerra mortale tra Burgundi e Unni, avvenuta in tempi remoti, di cui si conserva memoria solo in queste storie in parte vere e in parte inventate. Avevo appena presi gli ordini, quindi ero un giovane prete, quando quel canonico, già vecchio, anzi vecchissimo, morí. E fu rispettata la sua volontà: il nome dell'autore rimase celato mentre il poema divenne in breve tempo famoso.

– Il poema dei Nibelunghi! – esclamò Hadlaub.

– Dunque lo conoscete? – intervenne il vescovo. – Effettivamente ne sono state fatte subito almeno due copie complete, ma ne esistono frammenti in diversi monasteri.

– Infatti ne ho letto qualche strofa nel monastero di Einsiedeln, dove sono stato allevato e sono vissuto fino a quando messer Rüdiger Manesse mi ha preso come scrivano.

– Se vorrete potrete leggerlo per intero e nell'originale,

che è conservato nella nostra biblioteca, – disse sorridendo il vescovo.

– Vi ringrazio. Lo leggerò volentieri nei miei momenti di riposo. Ma perché l'autore volle nascondere il suo nome e lasciare anonimo il poema?

L'interrogato tacque riflettendo, poi disse:

– Non credo di violare la sua volontà raccontandone la storia. Era un uomo di grande dottrina e ottimo poeta. Mi dissero che era giunto a questa curia una sera d'inverno, stremato dalla fatica e dalla fame. Aveva bussato e l'avevano raccolto mezzo assiderato. Del suo arrivo, e della vicenda di quel povero prete, mi parlò piú tardi il mio predecessore, di nome Wolfger anche lui, quando ero già stato designato suo successore. Infatti mi ero molto meravigliato che nella nostra biblioteca esistesse l'originale di un'opera tanto importante e non si conoscesse il nome dell'autore.

Fece una pausa per mangiare un boccone di carne e bere un sorso di vino. Poi continuò:

– Quel povero parroco, giunto a piedi nella neve e crollato privo di sensi davanti alla porta, stringeva, pur nel suo deliquio, un involto tra le braccia, dal quale non si separò neppure quando rinvenne e, soccorso con vino caldo e cibo, riprese le forze. Era un uomo ancor giovane e robusto, allora, cosí almeno mi disse il mio predecessore. Poiché era evidente che era perseguitato e fuggiva un grave pericolo, gli fu offerto rifugio qui nella curia e, quando il vescovo lo interrogò sul motivo della persecuzione, aprí l'involto che teneva sempre con sé e mostrò un fascio di pergamene scritte con perfetta calligrafia: era l'inizio del lungo poema a cui stava lavorando da anni e del quale chiese il permesso di leggere le prime strofe. Narravano l'incontro e la storia d'amore di Sigfrido e Crimilde, come l'eroe conquistava la principessa e, dopo le nozze, teneramente l'amava. Niente d'illecito o di osceno, come voi, che ne avete letto alcune strofe, converrete, Hadlaub. Ma la diffusione di quei primi episodi, scritti nello stile della poesia d'amore come si addice alla materia, e il loro successo anche tra i poeti contemporanei forse suscitarono invidia e livore e il povero prete fu accusato di essere un poeta mondano e di coltivare un'arte che non si addiceva a un religioso. In breve fu cacciato dalla sua chiesa e accusato di eresia. Si accanirono particolarmente contro di lui alcuni monaci di un convento cistercense che coltivavano la mistica dell'abate Bernardo di Chiaravalle: da loro infatti partí l'accusa di eresia.

– Forse, – riprese il vescovo che raccontava mentre mangiava e beveva con i suoi ospiti, – l'accusa di eresia, totalmente infondata, si appigliava ad alcuni episodi di magia derivanti da antica tradizione leggendaria. Il malvolere, l'astio e la collera con cui fu perseguitato erano tali che, se non si fosse messo in salvo fuggendo, la sua vita sarebbe stata in pericolo. E anche qui, in questa curia, visse segretamente, sí da far perdere le sue tracce. Cosí si salvò, lui con la sua opera.

– Che accusa infame! – esclamò Hadlaub. – Per quel poco che ne conosco, non c'è nulla che intacchi l'autorità della Chiesa in quelle strofe, anzi mi pare di ricordare che persino Attila va a messa tutte le mattine, e nel suo regno c'è una cattedrale. Cosa probabilmente non vera.

– Certo che non era vera. Ma il povero prete temeva a tal punto che l'accusa venisse presa sul serio dalle autorità ecclesiastiche e che la persecuzione di cui era oggetto non si fermasse neppure davanti alla porta di questa curia, che non esitò a scrivere un falso storico. Il poveretto visse recluso tutta la vita e morí ignorato, mentre la sua opera conosceva fama e successo e veniva trascritta e imitata dai poeti contemporanei. In tal modo però è stata salvata. E qui, nella nostra biblioteca, potete leggerla nella sua interezza.

E Hadlaub, nei ritagli di tempo, quando voleva riposare la mano stanca di scrivere, leggeva il lungo poema dei Nibelunghi, si entusiasmava alle avventure di Sigfrido, piangeva con Crimilde per la morte dello sposo e inorridiva alla vendetta feroce che ella traeva sugli artefici del suo assassinio, vendetta che portò alla distruzione di due interi popoli.

32. I consigli del vescovo

Hadlaub fece in quella biblioteca una scoperta che lo riempí di gioia. Tra i molti poeti, antichi e moderni, che vi erano rappresentati, ne scoprí uno che poteva essere quasi suo contemporaneo e del quale conosceva qualche verso. Avendo ora occasione di leggerlo tutto, e di trascrivere i suoi componimenti, fu conquistato, oltre che dalla perfezione formale, dal profumo di realtà che si sprigionava da quella poesia, fatta di episodi d'amore realmente vissuti, speranze e delusioni, anche riguardanti la vita pubblica della Germania del suo tempo. Gli parve che con lui entrasse nella poesia tedesca un soffio di aria nuova, pura, lontana dai temi consueti alla poesia antica e al suo formalismo. Ne volle parlare al vescovo.

– Sí, conosco Walther von der Vogelweide. È stato qui, in questa curia, quando ero un giovane prete. Era ambasciatore del secondo Federico e viaggiava spesso con il suo signore. Lo accompagnava anche in Italia, ma restò sempre fedele alla lingua materna e alla sua terra. In molte poesie lamenta infatti che l'imperatore preferisca l'Italia e la Sicilia, il suo regno di Puglia, come lo chiamava, alla Germania. Sapete che quel nostro Federico, anche lui poeta, scriveva in italiano?

– Per questo non ho trovato sue poesie nelle pergamene che ho consultato! Solo di suo padre, il sesto Enrico.

– Anche lui amava molto l'Italia, la considerava la parte piú bella dell'impero. Gli era stata portata in dote dalla moglie, una principessa normanna di Sicilia, Costanza d'Altavilla. Quell'unico figlio, Federico, nacque durante un viaggio dei due sposi dalla Germania all'Italia, in un paese chiamato Iesi. E si considerò sempre piú italiano che tedesco. Anche a lui il nostro poeta rimprovera questa predilezione.

– Ho trascritto le poesie di contenuto politico, ma a me piacciono di piú le altre, quelle dove parla della sua vita e dei suoi amori.

Il vescovo sorrise con indulgenza:

– Per forza, siete un poeta e siete giovane. Devo confessare tuttavia che anche a me piacciono piú le poesie d'amore, in cui racconta molto semplicemente le sue avventure. Avete letto quel dolcissimo idillio che si svolge sotto un tiglio con una ragazza, una contadinella?

– Sí, e mi è piaciuto molto perché fa parlare la fanciulla, fa raccontare a lei l'avventura a cui hanno assistito solo i fiori e gli uccelli.

– È uno stile nuovo e grazioso. Pare che i nostri poeti si stiano allontanando dalle forme e dai soggetti di derivazione araba: il guardiano che avvisa gli amanti quando sorge l'aurora ed è tempo di separarsi, gli invidiosi che spiano gli innamorati e cercano di distruggere il loro amore con false accuse, e cose del genere. Finalmente si sono accorti che possono mettere in versi le loro stesse esperienze, i loro sentimenti personali.

– Certo, ma c'erano motivi molto belli anche in quella antica poesia, come il falco messaggero d'amore, simbolo e metafora della persona amata, o l'invettiva contro il sole che sorgendo ficca i suoi artigli nelle nuvole per conquistare il cielo e separare gli amanti...

– Solo un grande poeta poteva trarre un'immagine cosí bella e nuova da una formula cento volte ripetuta, sia pure con varianti. E poi queste cose hanno fatto il loro tempo. È giusto che non vengano dimenticate, ma che non siano piú ripetute. Mio giovane poeta, fate tesoro dell'esperienza degli antichi, ma scrivete cose nuove tratte dalla vita. Se guardate bene al vostro passato, benché breve, troverete vicende degne di essere messe in versi. Non inverosimili, anche piccole cose che sfuggirebbero all'uomo comune, ma sono preziose agli occhi di un poeta.

Hadlaub rifletté a lungo su queste parole del vescovo, e fu allora che compose la canzone sulla sua disavventura, causa dell'allontanamento da Zurigo e dalla casa dei Manesse, quella che comincia:

Un bigliettin d'amore avevo nelle mani

I due viaggiatori godettero dell'ospitalità del vescovo fino alla fine dell'inverno. Ai primi tepori di primavera presero congedo da lui e si avviarono al ritorno. Decisero di rifare la strada già percorsa evitando tutte le deviazioni, anche quella che li avrebbe portati alla casa di Tannhaüser, con molto rimpianto per lui e la bella Alial, che non avrebbero piú rivisti, come piú non avrebbero rivisto il conte Ulrico e il suo castello. Ma non volevano trascurare una sosta nel ricetto di Edburga.

Hadlaub aveva con sé una buona messe di trascrizioni, era contento del suo lavoro e voleva portarlo a destinazione il piú presto possibile. Avrebbero approfittato della bella stagione che proprio allora incominciava. Già da un anno erano lontani da casa.

– Mi toccherà andare a caccia da solo d'ora in poi, – sospirò il vescovo. – E con chi mai potrò ancora parlare di poesia?

Hadlaub gli fece dono di alcuni componimenti di antichi poeti trovati nel monastero di San Gallo, e dei quali aveva fatto una copia per lui. Il vescovo diede loro una scorta fin oltre le montagne del Liechtenstein e i due si avviarono al ritorno.

33. Sulla via del ritorno

Fu lunga, sí, ma evitando montagne e foreste fin dove fu possibile, non incontrarono grandi impedimenti né avventure. D'altra parte erano ben forniti di denaro grazie alle lettere di credito del signor Manesse, e poterono scegliere le locande migliori dove sapevano di pernottare sicuri e comodi. Il lavoro di Hadlaub era davvero finito, e cavalcando il giovane sentiva il peso del fascio di pergamene legato ben stretto dietro la sua sella, e se ne compiaceva in silenzio. Nei luoghi piú ameni si fermavano anche due giorni scegliendo una locanda particolarmente accogliente, dove ci fosse una buona cuoca e del buon vino. Cosí riposavano loro e facevano riposare i cavalli.

In uno di questi soggiorni accadde che Guilbert, vedendo l'amico disfare i bagagli e aprire il rotolo delle pergamene, gli chiese di mostrargliene una. La prese in mano e al lume della candela cominciò a leggere sillabando:

Amore è accordo di due cuori:
esiste solo dove equamente è condiviso.

Restò un attimo in silenzio pensoso, forse leggendo per conto suo, poi riprese:

deve essere condiviso dal suo oggetto,
come freccia trapassar due cuori
ed escludere ogni altro dal suo regno.

Hadlaub lo guardava sbalordito:

– Guilbert! Ma tu sai leggere! Dove hai imparato? Chi ti ha insegnato? È una cosa tanto bella e difficile!

– Nella casa del vescovo, Hadlaub. Quando non andavo a caccia con monsignore, e questo accadeva spesso purtroppo perché aveva molti impegni con prelati e simile gente, per non annoiarmi ho cercato tra tutti quei religiosi qualcuno disponibile a insegnarmi a leggere. Tu non sai quanta gente c'è in quel palazzo che non fa niente, o pochissimo. Pensa, c'è uno che ha solo il compito di accendere le candele in cattedrale al mattino; un altro le spegne la sera. Eppure nessuno aveva tempo per me. Infine ho trovato un vecchietto, credo che fosse un prete anche lui, ma per l'età gli tremavano le mani e quindi era dispensato da ogni servizio. Fu ben contento d'istruirmi nella lettura, e io fui un ottimo allievo: ho imparato in fretta.

– Bravissimo, Guilbert! E non hai provato anche a scrivere?

– Il mio maestro avrebbe voluto insegnarmelo, povero vecchio! Ma la mia mano era troppo dura, incallita dall'arco e dalle redini, e non voleva obbedire alla mia volontà. Ho provato. Mi ha messo davanti una pagina con tutte le lettere, maiuscole e minuscole, quella che usano per gli scolari, e mi ha detto di provare a copiarla. Ma non ci sono riuscito. Le mie dita potevano tracciare solo linee diritte, nessuna linea curva. Ho spuntato tre penne d'oca e sprecato molti ritagli di pergamena. Il povero prete era molto rattristato, ma ha dovuto rinunciare. Alla fine gli ho regalato un fagiano.

– Un fagiano?

– Sí, di quella caccia fortunata in cui monsignore e io abbiamo abbattuto pernici e fagiani in quantità, per il pranzo da offrire agli ospiti che venivano di Lombardia, tutti ecclesiastici abituati alla buona tavola. Monsignore voleva dimostrare che la curia di Passau non era da meno. Ti ricordi che anche noi, quel giorno, mangiando nella nostra camera, abbiamo avuto parte di quella squisitezza?

– Ho capito. Tu hai sottratto un fagiano perché anche il tuo vecchietto potesse assaggiarlo una volta nella sua vita.

– E l'ho spennato e cucinato con le mie mani, osservando i cuochi del vescovo. L'ho avvolto in fette di lardo e l'ho fatto rosolare bene da tutte le parti, poi l'ho messo a cuocere in una salsa di vino rosso, zenzero e un pizzico di farina. Dovevi vedere come gli è piaciuto! Ha voluto che ne assaggiassi un pezzetto anch'io. Era proprio buono! Se non avessi fatto il cacciatore avrei potuto fare il cuoco.

– Bravo, Guilbert! Potrai insegnare qualcosa anche nella cucina dei Manesse, che mi pare un poco monotona dopo le esperienze che abbiamo fatto in questo viaggio.

Tali discorsi facevano cavalcando sulla via di casa. Percorrendo le pianure a settentrione di Liechtenstein piegarono verso meridione per ritrovare il ricetto di Edburga, adempiere la promessa fatta, riposare con calma e rivedere i vecchi amici. Vi arrivarono nel fiore della primavera, quando la stagione sfoggia piú vivi i suoi colori e le serate sono lunghe e luminose. Giunsero sul finire di un pomeriggio, la porta del ricetto era aperta ed entrarono inattesi nella corte.

Subito furono salutati con grida di gioia da alcune donne che passavano e la voce del loro arrivo giunse fino a Edburga, che stava su una terrazza a guardare il tramonto. Corse loro incontro, li abbracciò entrambi e subito mandò a chiamare Adam e gli altri. Senza perdere tempo diede ordine che fosse allestito un banchetto per tutti sulla terrazza, dove ancora indugiava un raggio di sole e le ombre della sera avrebbero portato grata frescura per smorzare il calore del cibo e del vino. E fecero festa fino al mattino.

34. La sorpresa di Edburga

Nella notte il tempo cambiò, il vento delle montagne accumulò nuvole e l'alba cupa e minacciosa prometteva pioggia: il clima ideale per riposare sotto un tetto amico in una lunga sosta che interrompesse il viaggio. I due amici dormirono a lungo, stanchi per il lauto pranzo e la gloriosa bevuta. Si levarono tardi e ognuno se ne andò per proprio conto. Guilbert a vedere gli orti che bevevano avidi le prime gocce di pioggia dopo un lungo periodo secco che aveva costretto le ortolane a irrigare ogni giorno i coltivi portando l'acqua dal pozzo. Quelle gocce pesanti e ancora tiepide furono salutate con gioia, perché la cisterna che raccoglieva l'acqua piovana era asciutta. E già insalate, cavoli e biete cominciavano a piegarsi verso terra. Guilbert assistette a quel risveglio partecipandovi con il suo animo di contadino.

Hadlaub fece visita a Edburga nel suo parlatorio portando con sé il fascio di pergamene frutto del suo lavoro, che ella ammirò moltissimo. La donna lesse qualche poesia di quelle che il giovane le indicava come le piú belle. A un certo punto lo interruppe con un sorriso misterioso:

– Hadlaub, vi devo chiedere un favore. Tra non molto vi presenterò una persona che non avete mai conosciuta. Un ragazzo che vorrei affidare a voi perché lo facciate accogliere, nella qualità che vorranno, in casa dei signori Manesse. Finora è cresciuto nel convento di Sant'Eldrado, dove ha imparato a leggere e scrivere e tutto quello che si insegna in un convento. Penso che sia giunto il momento che entri nel mondo.

Suonò una campanella che stava sul tavolo e una sorella introdusse nel parlatorio un ragazzo di forse quindici anni, il quale baciò la mano della signora e s'inchinò all'ospite sconosciuto:

– Questo è Gerard, figlio di Adam e mio.

Hadlaub inghiottí la sua sorpresa, salutò affabilmente il ragazzo e, vedendolo intimidito, cercò di metterlo a suo agio:

– Benvenuto, Gerard! Sono felice di conoscervi.

Il ragazzo rimase a guardare negli occhi il giovane come affascinato.

– Questo è il poeta di cui ti ho tanto parlato, – spiegò la madre attirando a sé il figlio con gesto affettuoso. In quel momento entrò Adam vestito piú elegantemente che di consueto, con giustacuore ricamato da cui usciva il colletto di una candida camicia.

– Noi – disse avvicinandosi al figlio – siamo pronti per una piccola cavalcata. Non ci allontaneremo, e se la pioggia rinforza rientreremo. Volete venire con noi?

La domanda era rivolta al poeta, il quale accettò di buon cuore. Mentre andavano a prendere mantelli e cavalli, Adam disse:

– Gerard deve prendere confidenza col cavallo se vuol diventare cavaliere. Lo porterete con voi a Zurigo?

– Con piacere, se lui è d'accordo. In una casa grande come quella dei Manesse c'è posto per un ragazzo di buona volontà che sa leggere e scrivere. Siete disposto a partire con me e il mio amico Guilbert tra qualche giorno? – chiese al giovane.

Il ragazzo rispose di sí. In quel momento furono raggiunti da Guilbert che, vedendo il gruppetto avviarsi alla scuderia, domandò se poteva unirsi a loro. Avuto il consenso, si diede da fare per sellare i cavalli.

– Che bel puledro! – esclamò vedendo tra quelli che già conosceva un cavallino giovane e scattante. Poi vide il ragazzo e capí: – È per voi questo bel puledrino?

Al cenno affermativo del giovane, lo prese per mano e lo condusse vicino alla cavalcatura dicendo:

– Prima di montarlo dovete farvelo amico –. E guidò la mano del ragazzo a carezzare il collo dell'animale. – Come si chiama?

– Non lo so, – rispose Gerard, guardando stupito quello che stava diventando il suo maestro.

– Bisogna prima di tutto dargli un nome e non cambiarglielo piú. Quando state per montargli in groppa dovete accarezzarlo chiamandolo per nome. Come volete chiamarlo?

Il ragazzo rifletté un momento, poi, ispirandosi al colore del pelo, disse:

– Morin? Andrebbe bene?

– Perfetto. Adesso, Morin, – continuò Guilbert volgendosi al cavallino, – andiamo a fare una passeggiata.

E cosí dicendo, gli metteva la sella leggera e la stringeva dolcemente col sottopancia, mentre il ragazzo continuava ad accarezzargli il collo:

– Bravo, giovanotto! Deve imparare a conoscere il vostro odore. A proposito, come vi chiamate?

– Gerard.

– Bene, Gerard, parlategli sempre dolcemente, non dovete credere che non capisca perché non vi risponde. Non le parole, certo, ma il tono della voce deve convincerlo che siete suo amico. Anche le carezze sono importanti.

E mostrò al ragazzo dove doveva accarezzarlo, e quali parti non doveva toccare.

– Un'ultima raccomandazione: non frustatelo mai e non usate gli speroni. Ma vedo che i vostri stivali non ne hanno, come non ne hanno i miei.

Aiutò il ragazzo a montare in sella e uscirono all'aperto, al passo, uno dietro l'altro. Tornarono dopo un'ora circa e Guilbert mostrò a Gerard come doveva accudire la cavalcatura dopo averla fatta muovere, asciugandola bene, che piovesse o no, e coprendola con la sua coperta. E ringraziandola per il servigio reso all'uomo.

– È un bravissimo allievo, – disse alla madre quando le riportarono il figlio, felice per la sua prima cavalcata.

– Grazie, Guilbert, – rispose Edburga accarezzando Gerard e malcelando l'ansia che aveva provato durante l'assenza del figliuolo.

Tornato il bel tempo, non appena il ragazzo ebbe fatto un po' di pratica sotto la pioggia col suo Morin, Hadlaub, Guilbert e Gerard lasciarono il ricetto alla volta di Zurigo. I due amici videro Edburga asciugarsi una nascosta lacrima alla partenza del figlio.

35. In vista di Zurigo

Zurigo non distava piú di due giorni di cavalcata e il percorso era tra colline e pianure, molto facile e piacevole. Partirono prima dell'alba, ben forniti di provviste e panni nuovi per tutti e tre, perché potessero fare bella figura al loro arrivo in casa Manesse. Adam li accompagnò al limitare dei monti, poi, abbracciato suo figlio, tornò indietro non senza essersi fatto promettere che Guilbert lo avrebbe accompagnato al ricetto tutte le volte che gli fosse stato possibile.

Levatosi il sole, Gerard dimenticò la malinconia del distacco dai genitori, e si abbandonò lieto al piacere della cavalcata spingendo Morin al galoppo, subito richiamato da Guilbert:

– Al galoppo vi stanchereste troppo in fretta, voi e chi vi porta in sella, e noi dobbiamo viaggiare fino a sera, perché abbiamo deciso di fare un'unica sosta, nei pressi di Zurigo, per giungere a casa abbastanza riposati. Nell'ultimo tratto, quando scenderemo verso il lago, potrete spingere il cavallo al galoppo.

Avevano stabilito infatti di evitare il mulino, dove il comportamento delle due mogli del mugnaio poteva destare scandalo nel ragazzo, e di pernottare nella locanda della vedova Blum, quasi alle porte di Zurigo.

Arrivarono alla locanda che era buio. Il lume era già acceso sopra il portone aperto. Qualcuno doveva essere in ascolto all'interno, perché al rumore degli zoccoli dei cavalli e al suono delle voci, come per incanto, nel vano illuminato apparve la figuretta di Gretel.

– Ben ritrovata, Gretel! – salutò di lontano Guilbert.

Ma la ragazza, pur rispondendo al saluto, non corse incontro all'innamorato di un tempo, bensí avanzò adagio verso i tre cavalieri, evidentemente incuriosita dal terzo. S'inchinò garbatamente, con lo sguardo fisso sul piú giovane. Poi venne fuori la madre che salutò allegramente i viaggiatori mentre Gretel si prendeva cura dei cavalli. Guilbert era rimasto un po' offeso dalla fredda accoglienza della sua «fidanzata», soprattutto perché non gli era sfuggito il sorrisetto ironico di Hadlaub. Ma la vedova Blum li sommerse tutti nel fiume delle sue chiacchiere, introducendoli nella locanda che apparve subito molto affollata:

– È il periodo migliore per la caccia, – spiegò, – e i signori sono tutti amici che si sono ritrovati qui per la cena. Partono questa sera stessa, dal momento che hanno le loro dimore poco lontano, perciò voi potrete pernottare qui, se volete. Ma chi è il giovanotto che viaggia con voi?

– È il figlio di certi nostri conoscenti che ci hanno ospitato lungo il viaggio, – si affrettò a spiegare Hadlaub. – Siamo andati molto lontano, fino a Passau. Pensate un po'...

– E adesso tornate a Zurigo con lui? Alla casa dei signori Manesse? – chiese la locandiera curiosa.

– Sí, ci è stato affidato perché venga educato in città, e non tra le montagne in cui vivono i suoi genitori.

Nessuno si era accorto che Gretel, dopo aver spento la torcia e chiuso il portone, era rientrata, si era avvicinata silenziosamente al tavolo e ora guardava Gerard, il quale, sentendosi osservato, le rivolse un sorriso. Lei con uguale sorriso rispose.

– Presto, Gretel! I signori devono essere affamati! Metti in tavola pane e birra. Io provvedo a una buona cena calda: oggi abbiamo cucinato tutto il giorno, perché attendevamo questi ospiti e abbiamo preparato diverse pietanze.

E mentre i tre uomini si dissetavano dell'arsura dovuta alla lunga cavalcata, la locandiera sparí in cucina per ritornare poco dopo con un vassoio di legno su cui era adagiata una coscia di capriolo arrostita insieme con rape e cavoli. Intanto Gretel, dopo aver messo in tavola brocca e bicchieri, pane e salsicce, invece di allontanarsi era rimasta in piedi, sí che Hadlaub si sentí in dovere d'invitarla a sedersi con loro, cosa che la fanciulla fece subito. Per caso, o forse no, si trovò accanto a Gerard.

– Avete visto, Gretel, che il nostro viaggio non ci avrebbe tenuti lontani cosí a lungo come aveva detto Guilbert?

– Sí, signore. Sono molto contenta che siate già di ritorno. Guilbert è stato cattivo a farmi credere che non vi avrei rivisti per molto tempo. Ma il signore giovane chi è? Si ferma con voi a Zurigo?

Con queste ultime parole Gretel aveva chiuso la bocca al cacciatore che, sentendosi chiamato in causa, l'aveva aperta per discolparsi.

– È il figliuolo di nostri amici che ci hanno ospitati. Viene con noi a Zurigo, e probabilmente si fermerà in città.

Mentre Hadlaub parlava, la fanciulla non aveva distolto gli occhi dal giovinetto che, pur impegnato a spolpare il suo pezzo di cosciotto, ogni tanto la guardava furtivamente.

– Come vi chiamate, signore? – chiese con un bel sorriso.

– Gerard, – rispose arrossendo il ragazzo.

– Io Gretel, – disse la ragazza dimenticandosi che il suo nome era stato pronunciato piú volte. Ma lo disse solo per non lasciar cadere il discorso.

– Che bel nome, – disse lui con sincero compiacimento. E smise di masticare per guardarla negli occhi.

– Anche il vostro è un bel nome, – aggiunse lei.

– Davvero? Non mi è mai piaciuto. Ma se piace a voi, allora piacerà anche a me, – concluse il ragazzo con inconsapevole cortesia. E si dimenticò di servirsi della carne che Guilbert gli porgeva sulla punta del coltello.

I due uomini si guardarono stupiti per quell'idillio improvviso.

– Guilbert, – mormorò Hadlaub, – ho l'impressione che dovrai accompagnare spesso il tuo pupillo da queste parti.

Il cacciatore gli scoccò un'occhiata feroce come una freccia. Poi, cambiando improvvisamente espressione, scoppiò in una gran risata:

– Lo farò volentieri, – esclamò, – e diventerò un esperto educatore di fanciulli!

La sala si andava svuotando, i cacciatori se ne andavano alle loro dimore, e ben presto il silenzio riempí la locanda che prima echeggiava di chiacchiere e risate. La vedova Blum venne a sedersi al tavolo dei viaggiatori al quale già sedeva sua figlia, impegnata a chiacchierare fitto fitto col giovane Gerard. Guardò stupita i vecchi amici, i quali risposero ammiccando e sorridendo.

Ma poco per volta cadde il silenzio anche intorno al tavolo dei tre uomini sopraffatti dalla stanchezza. A un tratto si avvidero che il ragazzo aveva appoggiato la testa sul legno e non rispondeva piú alle domande di Gretel. La madre porse il lume al poeta, Guilbert prese in spalla il dormiente e si avviò per le scale mormorando:

– Guardatelo, il mio rivale! Mi tocca portarlo a letto in braccio.

E poi che tutti se ne furono andati al piano di sopra, la sala immersa nel buio e nel silenzio divenne il regno del gatto di casa, che si muoveva furtivo da un tavolo all'altro facendo in pace, finalmente, la sua cena.

36. In casa Manesse

Si alzarono con il sole già alto, perché il percorso che li attendeva era breve e piano. L'ultimo a comparire per la colazione fu Gerard, che fece il suo ingresso nella sala tenuto per mano da Gretel. Tutti lo guardarono stupiti.

– Ehi, ragazzo! Ti sei fatto vestire da lei? – lo interrogò bruscamente Guilbert.

– No, signore, – rispose quello con aria innocente. – L'ho incontrata per caso sulla scala.

– Meno male che hai dormito nella nostra camera, – brontolò il cacciatore, – perché io a certi casi non ci credo. Voi che ne dite, madamigella?

La ragazza non rispose, lo guardò ridendo e scappò in cucina.

Gli addii furono lunghi e complessi tra i due innamorati. In un canto del cortile parlottarono a lungo tenendosi per mano, e solo dopo essersi scambiati un rapido bacio si avvicinarono ai partenti, presso i quali era già la madre, che osservò:

– Gretel, non saluti i vecchi amici che ci lasciano? Cosí maleducata sei?

La fanciulla obbedí: con volto gelido baciò su una guancia Guilbert, con un sorriso Hadlaub e tutta ridente Gerard. E partirono.

Senza fare alcuna sosta giunsero nel tardo pomeriggio alla casa dei Manesse, dov'erano attesi fin dal mattino per quel misterioso sistema d'informazioni che funzionava infallibile quando i mezzi di comunicazione non esistevano.

La servitú andò incontro ai viaggiatori fuori del portone, tutti salutarono con gioia il loro ritorno, e guardavano con curiosità il giovane sconosciuto facendosi domande tra di loro, alle quali nessuno sapeva rispondere. Poi Hadlaub e Guilbert furono introdotti alla presenza della famiglia riunita. Il poeta sentiva tremargli le gambe pensando all'incontro con Lisi.

Ma Lisi non era con gli altri ad attenderli nella sala.

– Benvenuti, Hadlaub e Guilbert! Il vostro viaggio è stato piú breve del previsto e me ne compiaccio –. Era messer Rüdiger Manesse a parlare. La signora partecipava con un silenzioso sorriso alla cortesia del marito.

I due viaggiatori s'inchinarono cerimoniosamente, poi il giovane poeta prese la parola:

– Ho avuto fortuna, signore, perché ho trovato molto materiale nei luoghi dove abbiamo soggiornato, e ho potuto compiere il mio lavoro piú rapidamente di quanto sperassi. Non abbiamo avuto alcun incidente durante il cammino e mi riservo di farvene la descrizione quando vi aggraderà. Qui – e mostrava il grosso involto delle pergamene – c'è il frutto del mio lavoro, il piú completo possibile. Giudicherete voi. Vi trovo in buona salute, voi e la signora, e me ne compiaccio.

– Vi ringrazio, Hadlaub, e sono contento anch'io di vedere voi e Guilbert in perfetta forma –. Poi, rivolgendosi al cacciatore: – Ditemi, è stato faticoso il viaggio? Avete incontrato pericoli?

– Tutt'altro, signore! È stata un'esperienza entusiasmante e abbiamo incontrato gente molto cortese.

– A questo proposito, – lo interruppe Hadlaub, – certi signori che ci hanno ospitati sia all'andata che al ritorno hanno affidato a noi il loro unico figliuolo quindicenne perché venga allevato in città. Essi vivono tra i monti che circondano il castello di Liechtenstein. Ecco il giovane Gerard.

In quel momento Guilbert introduceva nella sala il ragazzo, che subito s'inchinò profondamente.

– Sa leggere e scrivere e ha buona volontà, – continuò il poeta, – potreste impiegarlo nella revisione e correzione di ciò che io ho trascritto, talvolta frettolosamente. Sarà un lavoro lungo e dev'essere fatto con molta calma. Sono certo che Gerard si guadagnerà il suo pane.

Il vecchio Manesse guardò attentamente il nuovo ospite e, soddisfatto dell'esame, gli rivolse la parola:

– Benvenuto, Gerard. Vivrete nella mia casa finché vorrete. Vedo che l'amico Hadlaub vi ha già trovato un'occupazione e ne sono contento.

Aveva appena terminato di pronunciare queste parole che fece il suo ingresso un signore alto e magro, vestito di un abito nero lungo fino ai piedi: la veste dei notai.

– Vi presento il mio ultimo genero, messer Baldo Guidobaldi, notaio, marito della Lisi. Ve la ricordate?

Hadlaub ammutolí. Dunque le avevano dato marito, e quel marito! Poteva essere non suo padre, ma suo nonno! Povera Lisi!

Come se gli avesse letto nel pensiero, il vecchio Manesse continuò:

– Lisi ve la ricordate, vero? L'ultima dei miei figli. Pensate che è già mamma di una bella bambina!

Il notaio, intuendo che si parlava di lui, sorrise debolmente. Non sembrava aver molta salute, quel signore. Infatti, mentre si sedeva sul suo seggiolone, cominciò a tossicchiare. Il padrone di casa fece portare vino per tutti, e tutti bevvero, persino la padrona di casa che durante il colloquio non aveva aperto bocca. Come lo sposino, d'altra parte. Hadlaub, bevuto un sorso, trovò il coraggio di chiedere:

– E Lisi? Come sta?

– Bene. La vedrete piú tardi. Ora si sta occupando della figlioletta insieme alla nutrice.

La vide quando scese in sala per la cena, e quasi non la riconosceva. Piú bella, piú sicura, sorridente e radiosa. Si avvicinò subito a Hadlaub e lo salutò gioiosamente:

– Bentornato, Hadlaub! Sono molto contenta di rivedervi prima del previsto. Qui in casa dicevano che sareste stato via due o tre anni.

Il giovane rimase senza parole. Era mai possibile che il matrimonio avesse cosí cambiato la timida fanciulla che non osava neppure parlare in presenza dei genitori? Quel matrimonio? Con quel marito? Quando si fu ripreso dalla sorpresa e trovò il fiato per parlare, balbettò:

– Vi trovo bene, signora. Ho saputo che siete madre di una bella bambina! Come si chiama?

– Nontiscordardime! È un nome strano, ma ha un bellissimo significato. Vorrete salire a vederla dopo la cena?

– Con molto piacere, – rispose lui, ancor piú stupito per lo strano nome e per l'invito rivoltogli senza neppure chiedere il permesso ai genitori. E tantomeno al marito.

«Sarà il fatto di essere sposata che le dà tanto coraggio, o meglio, di essere madre», pensava Hadlaub durante la cena, guardando di nascosto quella che era stata la sua piccola innamorata, dalla quale era stato separato in una triste mattina di febbraio, quando l'inverno ancora resisteva alla primavera.

Adesso la piena estate sfoggiava tutti i suoi colori e lui era tornato dal suo lungo viaggio ricco di avventure ed esperienze. E lei era diventata una donna sicura di sé e del suo valore.

37. Le risorse della vita

Finita la cena, mentre Guilbert e Gerard si ritiravano nella loro stanza stanchi per il viaggio, e la famiglia Manesse indugiava a tavola chiacchierando e bevendo vino, Lisi prese per mano Hadlaub e, chiedendo semplicemente ai suoi: «Voi permettete vero?», corse su per la scala trascinandosi dietro un Hadlaub tutto stupito.

Aprí una porta ed entrò in una stanza illuminata da un lume a olio. Il giovane vide un grande letto con accanto una culla. Una donna sedeva a fianco della neonata e uscí a un cenno della padrona.

Lisi accostò il lume perché il giovane vedesse la bambina addormentata.

– Com'è bella, – mormorò lui e non poté trattenersi dal farle una lieve carezza sulla piccola guancia. A quel tocco, se pur dolce, la bimba si destò e aprí gli occhi, due grandi occhi azzurri. La mamma la prese in braccio e, porgendola all'uomo, disse:

– Guarda, Hadlaub: ha i tuoi occhi!

Tenendola tra le sue braccia, il poeta si sentí pervadere da una tenerezza nuova. Guardò la sua amata con occhi pieni di lacrime e mormorò:

– Grazie, Lisi!

Nota.

Il codice «Palatinus Germanicus 848», detto anche «Codice Manesse» dal nome del committente, il mercante zurighese Rüdiger Manesse, si trova nella Biblioteca Universitaria di Heidelberg, dove si può ammirare nell'originale corredato da un ritratto miniato di ciascun poeta.

Indice

p. 3 1. La casa del mercante Manesse
7 2. Pranzo di Natale
9 3. Breve incontro
14 4. Il commiato
16 5. Alla ventura
24 6. Le due mogli del mugnaio
33 7. Notte al mulino
37 8. Verso la capanna dell'eremita
41 9. L'eremita Zaccaria
44 10. Aggressione notturna
46 11. Verso il monastero di San Gallo
52 12. Ingresso in San Gallo
55 13. Un cacciatore in monastero
66 14. La battuta di caccia
72 15. L'arrivo del cinghiale
75 16. L'eroe del monastero
79 17. Di nuovo in viaggio
83 18. Il popolo della foresta
87 19. Nel ricetto di Edburga
93 20. Neve di primavera

p. 98 21. Storia di Edburga
104 22. Il ritorno dei cacciatori
108 23. Il «processo d'amore»
113 24. Verso il castello di Liechtenstein
119 25. Il vecchio Ulrico
126 26. Commiato dal vecchio Ulrico
129 27. La casa di Tannhäuser
135 28. Il giardino di Alial
139 29. La poesia di Tannhäuser
144 30. Alla corte del vescovo di Passau
149 31. Il racconto del vescovo Wolfger
153 32. I consigli del vescovo
157 33. Sulla via del ritorno
160 34. La sorpresa di Edburga
164 35. In vista di Zurigo
169 36. In casa Manesse
174 37. Le risorse della vita

175 *Nota*

Narrativa in lingua italiana

I contemporanei

Niccolò Ammanniti, *Branchie*, Stile libero
– *Io non ho paura*, Stile libero
Edoardo Angelino, *L'inverno dei Mongoli*, I coralli
Anticorpi. Racconti e forme di esperienza inquieta, I coralli
Michelangelo Antonioni, *Quel bowling sul Tevere*, Einaudi Tascabili
Alberto Arbasino, *Fratelli d'Italia*, Gli struzzi
– *Specchio delle mie brame*, Nuovi Coralli
Ivan Arnaldi, *Il Bisonte Bianco*, Nuovi Coralli
Alberto Asor Rosa, *L'alba di un mondo nuovo*, Supercoralli
Eraldo Baldini, Carlo Lucarelli, Giampiero Rigosi, *Medical Thriller*, Stile libero
Alessandro Banda, *Dolcezze del rancore*, I coralli
Fabrizio Battistelli, *Il Conclave*, Nuovi Coralli
Cesare Battisti, *L'ombra rossa*, Einaudi Tascabili/Vertigo
Giorgio Mario Bergamo, *Addio a Recanati*, Nuovi Coralli
Ubaldo Bertoli, *La quarantasettesima*, Nuovi Coralli
Maurizio Bettini, *Con i libri*, I coralli
– *In fondo al cuore, Eccellenza*, Supercoralli
Alberto Bevilacqua, *La polvere sull'erba*, Einaudi Tascabili
– *Viaggio al principio del giorno*, Einaudi Tascabili
Francesco Biamonti, *L'angelo di Avrigue*, Einaudi Tascabili
– *Attesa sul mare*, Supercoralli, Einaudi Tascabili
– *Le parole la notte*, Supercoralli
– *Vento largo*, Supercoralli, Einaudi Tascabili
Angela Bianchini, *Le nostre distanze*, Einaudi Tascabili
Renzo Biasion, *Sagapò*, Einaudi Tascabili
Luciano Bolis, *Il mio granello di sabbia*, Einaudi Tascabili
Giuseppe Bonaviri, *La contrada degli ulivi*, Nuovi Coralli
– *Il sarto della strada lunga*, Nuovi Coralli
Caterina Bonvicini, *Penelope per gioco*, I coralli
Tommaso Bordonaro, *La spartenza*, Nuovi Coralli
Marco Bosonetto, *Il sottolineatore solitario*, I coralli
Maurizio Brunori, *Il Grande Eunuco e la sua flotta*, I coralli
Oddone Camerana, *Contro la mia volontà*, Nuovi Coralli
– *I passatempi del Professore*, Nuovi Coralli
Domenico Campana, *I giardini della Favorita*, Supercoralli
– *L'isola delle femmine*, Supercoralli
Andrea Canobbio, *Padri di padri*, Supercoralli
– *Traslochi*, Nuovi Coralli
– *Vasi cinesi*, Nuovi Coralli
Arduino Cantafora, *Quindici stanze per una casa*, Nuovi Coralli

Enzo Fileno Carabba, *La foresta finale*, I coralli
– *Jakob Pesciolini*, Nuovi Coralli
– *La regola del silenzio*, I coralli
Brianna Carafa, *Il ponte nel deserto*, Nuovi Coralli
Angelo Carta, *Anzelinu*, Nuovi Coralli
Antonio Caselle, *Fui chiamato dal presidente*, Nuovi Coralli
Ermanno Cavazzoni, *Cirenaica*, I coralli
Gianni Celati, *Le avventure di Guizzardi*, Nuovi Coralli
– *L'Orlando innamorato raccontato in prosa*, I coralli
Lia Celi, *Salvare le modifiche prima di chiudere*, Stile libero
Vincenzo Cerami, *Un borghese piccolo piccolo*, Einaudi Tascabili
– *Fantasmi*, Supercoralli, Einaudi Tascabili
– *Fattacci*, Stile libero
– *L'ipocrita*, Supercoralli
– *La lepre*, Einaudi Tascabili
Alice Ceresa, *Bambine*, Nuovi Coralli
Guido Ceronetti, *Aquilegia*, Supercoralli
– *D. D. Deliri Disarmati*, Supercoralli
– *N. U. E. D. D. Nuovi Ultimi Esasperati Deliri Disarmati*, Supercoralli
– *La vera storia di Rosa Vercesi*, I coralli
Pietro Chiodi, *Banditi*, Nuovi Coralli, Einaudi Tascabili
Teresa Ciabatti, *Adelmo, torna da me*, Stile libero
Gabriele Contardi, *Navi di carta*, Nuovi Coralli
Tonino Conte, *L'amato bene*, I coralli
Franco Cordelli, *Guerre lontane*, Supercoralli
– *Un inchino a terra*, Supercoralli
Franco Cordero, *Opus*, Supercoralli
Giampaolo Correale, *Senza colpo ferire*, Nuovi Coralli
Maria Corti, *Catasto magico*, I coralli
– *Ombre dal fondo*, I coralli
– *Le pietre verbali*, I coralli
Paolo Crepet, *Naufragi*, I coralli, Einaudi Tascabili
Cuori elettrici, Stile libero
Sandrone Dazieri, *La cura del gorilla*, Stile libero
Fabrizio De Andrè e Alessandro Gennari, *Un destino ridicolo*, I coralli
Andrea De Carlo, *Due di due*, Einaudi Tascabili
– *Macno*, Einaudi Tascabili
– *Tecniche di seduzione*, Einaudi Tascabili
– *Treno di panna*, Einaudi Tascabili
– *Uccelli da gabbia e da voliera*, Einaudi Tascabili
– *Yucatan*, Einaudi Tascabili
Oreste Del Buono, *La nostra età*, Nuovi Coralli
Daniele Del Giudice, *Atlante occidentale*, Supercoralli, Einaudi Tascabili
– *Mania*, Supercoralli
– *Staccando l'ombra da terra*, Supercoralli, Einaudi Tascabili
– *Lo stadio di Wimbledon*, Einaudi Tascabili
Erminia Dell'Oro, *L'abbandono. Una storia eritrea*, Nuovi Coralli

Diego De Silva, *Certi bambini*, I coralli
– *La donna di scorta*, Einaudi Tascabili
– *Voglio guardare*, L'Arcipelago
Giuseppe Di Costanzo, *Lo sciacallo*, I coralli
Disertori, Stile libero
Valerio Evangelisti, *Black Flag*, Stile libero
– *Metallo urlante*, Einaudi Tascabili/Vertigo
Antonio Faeti, *Il ventre del comunista*, I coralli
Ernesto Ferrero, *L'anno dell'Indiano*, Supercoralli
– *N.*, Supercoralli, Einaudi Tascabili
Franco Ferrucci, *Fuochi*, Supercoralli
– *Lontano da casa*, Supercoralli
Giuseppe Fiori, *Sonetàula*, I coralli
Bianca Fo Garambois, *Io, da grande, mi sposo un partigiano. La ringhiera dei miei vent'anni*, Einaudi Tascabili
Marcello Fois, *Dura madre*, I coralli
– *Ferro Recente*, Einaudi Tascabili
– *Meglio morti*, Einaudi Tascabili
– *Piccole storie nere*, L'Arcipelago
Marco Forti, *In Versilia e nel tempo*, Nuovi Coralli
Mario Fortunato, *Amore, romanzi e altre scoperte*, Einaudi Tascabili
– *L'arte di perdere peso*, Supercoralli, Einaudi Tascabili
– *Luoghi naturali*, Nuovi Coralli
– *Il primo cielo*, Supercoralli
– *Sangue*, Nuovi Coralli
Ernesto Franco, *Isolario*, I coralli
– *Vite senza fine*, I coralli
Gian Carlo Fusco, *Duri a Marsiglia*, Nuovi Coralli
Matteo Galiazzo, *Cargo*, I coralli
– *Il mondo è posteggiato in discesa*, I coralli
– *Una particolare forma di anestesia chiamata morte*, I coralli
Gioventú cannibale, Stile libero
Sergio Givone, *Favola delle cose ultime*, Supercoralli
– *Nel nome di un dio barbaro*, Supercoralli
Gene Gnocchi, *Il signor Leprotti è sensibile*, I coralli
– *Stati di famiglia*, I coralli
Massimiliano Governi, *L'uomo che brucia*, Stile libero
Silvana Grasso, *L'albero di Giuda*, Supercoralli
– *Il bastardo di Mautana*, Einaudi Tascabili
– *Ninna nanna del lupo*, Supercoralli
Marina Jarre, *I padri lontani*, Supercoralli
Raffaele La Capria, *Tre romanzi di una giornata*, Supercoralli
Francesco Leonetti, *Campo di battaglia*, Supercoralli
– *Conoscenza per errore (Studente di Bologna del '48-49)*, Nuovi Coralli
– *L'incompleto*, Nuovi Coralli
– *In uno scacco (nel settantotto)*, Nuovi Coralli
Mario Lodi, *Cipí*, Gli struzzi

– *La mongolfiera*, Gli struzzi
Marco Lodoli, *Cani e lupi*, Einaudi Tascabili, I coralli
– *Crampi*, Nuovi Coralli
– *Diario di un millennio che fugge*, Einaudi Tascabili
– *I fiori*, Supercoralli
– *Grande Circo Invalido*, Nuovi Coralli
– *La notte*, Supercoralli
– *I principianti*, Einaudi Tascabili
– *Il vento*, I coralli
Giuseppe O. Longo, *L'acrobata*, I coralli
Rosetta Loy, *Ahi, Paloma*, I coralli
– *La bicicletta*, Einaudi Tascabili
– *La parola ebreo*, Gli struzzi, Einaudi Tascabili
– *La porta dell'acqua*, Supercoralli Nuova serie
– *Le strade di polvere*, Supercoralli, Einaudi Tascabili
Carlo Lucarelli, *Almost Blue*, Stile libero
– *Falange armata*, Stile libero
– *Il giorno del lupo*, Stile libero
– *Un giorno dopo l'altro*, Stile libero
– *Guernica*, Stile libero
– *L'Isola dell'Angelo Caduto*, I coralli, Stile libero
– *Laura di Rimini*, I coralli
– *Lupo mannaro*, Stile libero
– *Mistero in blu*, Stile libero
Luther Blissett, *Q*, Stile libero
Loriano Macchiavelli, *Fiori alla memoria*, Stile libero/Noir
Luigi Magnani, *Il nipote di Beethoven*, Supercoralli
Luigi Malerba, *La composizione del sogno*, Stile libero
– *Diario di un sognatore*, Supercoralli
– *Storiette e Storiette tascabili*, Einaudi Tascabili
Laura Mancinelli, *Andante con tenerezza*, I coralli
– *Attentato alla Sindone*, Einaudi Tascabili
– *I dodici abati di Challant*, Nuovi Coralli
– *I dodici abati di Challant. Il miracolo di santa Odilia, Gli occhi dell'imperatore*, Einaudi Tascabili
– *I casi del capitano Flores. Killer presunto*, Einaudi Tascabili
– *I casi del capitano Flores. Il mistero della sedia a rotelle*, Einaudi Tascabili
– *I casi del capitano Flores. Persecuzione infernale*, Einaudi Tascabili
– *Il fantasma di Mozart*, Einaudi Tascabili
– *Il miracolo di santa Odilia*, Nuovi Coralli
– *Gli occhi dell'imperatore*, Nuovi Coralli
– *Il principe scalzo*, I coralli
– *Raskolnikov*, Nuovi Coralli
– *I tre cavalieri del Graal*, Einaudi Tascabili
– *La sacra rappresentazione*, I coralli
Salvatore Mannuzzu, *Alice*, Supercoralli

– *Il catalogo*, Supercoralli
– *Le ceneri del Montiferro*, Supercoralli
– *La figlia perduta*, Supercoralli
– *Un morso di formica*, Supercoralli
– *Procedura*, Nuovi Coralli, Einaudi Tascabili
– *Il terzo suono*, Supercoralli
Dacia Maraini, *Dimenticato di dimenticare*, Nuovi Coralli
– *L'età del malessere*, Einaudi Tascabili
– *La vacanza*, Supercoralli, Einaudi Tascabili
Michele Mari, *Tutto il ferro della torre Eiffel*, Supercoralli
Francesca Mazzucato, *Hot Line. Storia di un'ossessione*, I coralli
Vincenzo Mollica, *Romanzetto esci dal mio petto*, Einaudi Tascabili
Giulio Mozzi, *Fantasmi e fughe*, Stile libero
– *La felicità terrena*, I coralli
– *Fiction*, I coralli
Francesco Fausto Nitti, *Il maggiore è un rosso*, Nuovi Coralli
Paolo Nori, *Bassotuba non c'è*, Stile libero
– *Diavoli*, Stile libero
– *Grandi ustionati*, Stile libero
– *Si chiama Francesca, questo romanzo*, Stile libero
– *Spinoza*, Stile libero
Aldo Nove, *Amore mio infinito*, Stile libero
– *Puerto Plata Market*, Stile libero
– *Superwoobinda*, Stile libero
Sandro Onofri, *Registro di classe*, Stile libero
Giovanni Orelli, *Il sogno di Walacek*, Nuovi Coralli
Nico Orengo, *L'allodola e il cinghiale*, I coralli
– *L'autunno della signora Waal*, Supercoralli
– *La curva del Latte*, Supercoralli
– *Dogana d'amore*, Einaudi Tascabili
– *Figura gigante*, Nuovi Coralli
– *La guerra del basilico*, Supercoralli
– *Miramare*, Nuovi Coralli
– *L'ospite celeste*, Supercoralli
– *Ribes*, Supercoralli
– *Le rose di Evita*, Supercoralli, Einaudi Tascabili
– *Il salto dell'acciuga*, I coralli
– *Gli spiccioli di Montale*, I coralli
Ottiero Ottieri, *I due amori*, Supercoralli
I padri fondatori, Einaudi Tascabili
Antonio Pascale, *La città distratta*, Stile libero
Umberto Pavia, *Quaderno dei temi*, Nuovi Coralli
Cristina Peri Rossi, *Il Museo degli Sforzi Inutili*, Nuovi Coralli
Tommaso Pincio, *Un amore dell'altro mondo*, Stile libero
Roberto Piumini, *Caratteristiche del bosco sacro*, I coralli
– *La rosa di Brod*, I coralli

– *Lo stralisco. Il ritratto segreto. Filippo Prato*, Einaudi Tascabili
– *Le virtú corporali*, I coralli
Aldo Pomini, *Il ballo dei pescicani*, Saggi
– *Memorie di un contrabbandiere*, Nuovi Coralli
Giorgio Pressburger, *Di vento e di fuoco*, Supercoralli
– *La neve e la colpa*, Supercoralli
– e Nicola Pressburger, *L'elefante verde*, Einaudi Tascabili
– *Storie dell'Ottavo Distretto*, Einaudi Tascabili
Romana Pucci, *La volanda*, Nuovi Coralli
Racconti del sabato sera, Einaudi Tascabili
Fabrizia Ramondino, *Althénopis*, Einaudi Tascabili
– *Guerra d'infanzia e di Spagna*, Supercoralli
– *In viaggio*, I coralli
– *L'isola riflessa*, Supercoralli
– *Passaggio a Trieste*, Supercoralli
– *Storie di patio*, Nuovi Coralli
– *Un giorno e mezzo*, Supercoralli, Einaudi Tascabili
Ermanno Rea, *Mistero napoletano*, Einaudi Tascabili
– *L'ultima lezione*, Einaudi Tascabili
Nuto Revelli, *Il disperso di Marburg*, I coralli, Einaudi Tascabili
– *La guerra dei poveri*, Einaudi Tascabili
– *Il prete giusto*, Gli struzzi
– *La strada del davai*, Gli struzzi
Giorgio Soavi, *Un banco di nebbia*, Einaudi Tascabili
Mario Rigoni Stern, *Amore di confine*, Supercoralli, Einaudi Tascabili
– *L'anno della vittoria*, Nuovi Coralli
– *Arboreto salvatico*, Supercoralli, Einaudi Tascabili
– *Il bosco degli urogalli*, Nuovi Coralli, Einaudi Tascabili
– *Inverni lontani*, I coralli
– *Il libro degli animali*, Einaudi Tascabili
– *Quota Albania*, Nuovi Coralli
– *Sentieri sotto la neve*, Supercoralli, Einaudi Tascabili
– *Il sergente nella neve*, Nuovi Coralli, Supercoralli
– *Il sergente nella neve. Ritorno sul Don*, Einaudi Tascabili
– *Le stagioni di Giacomo*, Supercoralli, Einaudi Tascabili
– *Storia di Tönle*, Nuovi Coralli
– *Storia di Tönle. L'anno della vittoria*, Einaudi Tascabili
– *Tra due guerre*, Supercoralli
– *Uomini, boschi e api*, Nuovi Coralli, Einaudi Tascabili
Giampiero Rigosi, *Notturno bus*, Stile libero
Giose Rimanelli, *Tiro al piccione*, Einaudi Tascabili
Livio Romano, *Mistandivò*, Stile libero
Fabrizio Rondolino, *Niente da segnalare*, Einaudi Tascabili
– *Secondo avviso*, I coralli
Giorgio Rossi, *Alla ricerca di Antonio*, Gli struzzi
Renzo Rosso, *L'adescamento*, Nuovi Coralli
– *Gli uomini chiari*, Supercoralli

Pina Rota Fo, *Il paese delle rane*, Nuovi Coralli
Francesca Sanvitale, *Il figlio dell'impero*, Supercoralli, Einaudi Tascabili
– *Madre e figlia*, Supercoralli, Einaudi Tascabili
– *Separazioni*, I coralli
– *Verso Paola*, Nuovi Coralli
Evelina Santangelo, *L'occhio cieco del mondo,* I coralli
Giuliano Scabia, *In capo al mondo*, Nuovi Coralli
– *Lorenzo e Cecilia,* I coralli
– *Nane Oca*, Nuovi Coralli
Tiziano Scarpa, *Amore®*, I coralli
– *Occhi sulla Graticola*, I coralli
Clara Sereni, *Casalinghitudine*, Nuovi Coralli
Walter Siti, *Un dolore normale*, Supercoralli
– *Scuola di nudo*, Supercoralli
Giampaolo Spinato, *Pony Express*, I coralli
Franco Stelzer, *Ano di volpi argentate*, I coralli
Elena Stancanelli, *Le attrici*, Stile libero
– *Benzina*, Stile libero
Emilio Tadini, *L'opera*, Nuovi Coralli
– *La tempesta*, Supercoralli, Einaudi Tascabili
Bonaventura Tecchi, *L'isola appassionata con tre nuovi racconti*, Nuovi Coralli
Ivan Teobaldelli, *Esercizi di castità*, Nuovi Coralli
Vitaliano Trevisan, *I quindicimila passi*, Stile libero
«Una frase un rigo appena». Racconti brevi e brevissimi, Einaudi Tascabili
Nicoletta Vallorani, *Eva*, Stile libero
Carla Vasio, *Come la Luna dietro le nuvole*, I coralli
– *Laguna*, I coralli
Sebastiano Vassalli, *Abitare il vento*, Nuovi Coralli
– *Archeologia del presente*, Supercoralli
– *La chimera*, Supercoralli, Einaudi Tascabili
– *Il Cigno*, Supercoralli, Einaudi Tascabili
– *Cuore di pietra*, Supercoralli, Einaudi Tascabili
– *Dux*, L'Arcipelago
– *Un infinito numero*, Supercoralli, Einaudi Tascabili
– *Marco e Mattio*, Supercoralli, Einaudi Tascabili
– *La notte della cometa*, Einaudi Tascabili
– *L'oro del mondo*, Nuovi Coralli, Einaudi Tascabili
– *3012. L'anno del Profeta*, Supercoralli, Einaudi Tascabili
Roberto Vecchioni, *Le parole non le portano le cicogne,* I coralli
– *Viaggi del tempo immobile*, I coralli
Vito Ventrella, *Affabilità*, Nuovi Coralli
– *Il pudore di Ares*, Nuovi Coralli
Simona Vinci, *Dei bambini non si sa niente*, Stile libero
– *In tutti i sensi come l'amore*, Stile libero
Dario Voltolini, *Rincorse*, I coralli
Wu-Ming, *54*, Stile libero

Stampato per conto della Casa editrice Einaudi
presso ELCOGRAF S.p.A. - Stabilimento di Cles (Tn)

C.L. 16451

Ristampa — Anno

9 10 11 12 13 14 — 2015 2016 2017 2018